中国民间传说

袁珂 著

北京联合出版公司

目 录

金鸡	1
眉间尺	5
左慈	13
寄女	19
张华和狐狸	25
定伯卖鬼	31
老龟	35
仙谷	39
山猱	45
鹅笼书生	49
新鬼	55

石人医病	59
千日酒	63
变羊	67
痴龙	71
壶公	77
紫玉	87
上天台	95
义犬	101
熊洞	105
蚁报恩	111
篇目出处	115
补录	
海神	119
天河	120
天女	121
后记	123
出版后记	127

金鸡

南康雩都县县城,靠着江边向南突出。从这里沿江向下走大约三里光景,地名"梦口",江边山上有座崖洞,形状像座石屋,叫"梦口洞"。洞口几乎被一个大而圆的弹丸般的崖石封闭住了,只在下边还留着一线孔隙,但已不能容人通过。因此崖洞里的秘密从来没有人知道。

民间相传,说这石屋里住着一只神鸡,周身羽毛好像黄金,常常从洞里飞出来,在天空中翱翔,发出婉扬悦耳的鸣叫,声音响彻云霄,见了人就赶紧飞进洞去。有一回,一个人在山脚下耕田,看见那金色羽毛的鸡又从洞里飞了出来，在山头上蹁跹飞翔。忽然江对岸出现了一个长大无比的长人，手里拿了一把弹弓，搭上弹，弯满弓，对准那金鸡一弹射去。长人的弹丸迟了一步，只听得"当"的一声巨响，山头上火星迸溅，那弹丸恰射在崖洞的正中，就永远嵌在那里了。长人见射金鸡不中，长叹一声："可惜！可惜！"便忽然不见。后来有人跑上山去看看石弹的大小，那直径差不多有六尺光景呢。因为是长人射金鸡的石头，就给取名叫"金鸡石"，经过这一番事故，就很少有人看见金鸡再出来了。

又过了好多年，有一年夏天，有个人坐船从下游回县城。离"金鸡石"山崖还有几里路光景，只见江边有一个人，通身穿着黄衣服，担了两笼黄瓜，要求搭船，于是就让他搭上船来。

穿黄衣服的人上了船，自说肚子饿了，请船老板给他点东西吃。船老板就从船舱里拿出个篮子，装了些酒和菜，送给穿黄衣服的人。穿黄衣服的人把篮子里的食物一阵狼吞虎咽吃光了，船也到了"金鸡石"山崖下。穿黄衣服的人要上岸，船老板便把船靠近岸边。

只见那穿黄衣服的人，匆匆担了黄瓜，便朝岸上走。船老板一把拉住，说：

"慢着，还没给我船钱和酒饭钱呢。"

穿黄衣服的人说："没有。"

船老板说："那么把笼子里黄瓜留下些在这里也行。"

穿黄衣服的人不肯留下黄瓜，却顺手取过那篮子，啊噜啊噜一阵吐，吐出了些黄黄的肮脏的东西在篮子里，说："这给你！"

说完也不管船老板生不生气，把篮子放在船头，挑了黄瓜，跳上岸去，风一样快地就朝那山崖跑。

这时满船的人都吵闹起来了，都说那穿黄衣服的人好生可恶无礼。坐船回县城的这个人见了也觉得气愤不过。船老板更是气得一佛出世，二佛升天。正要跳上岸去追赶，却看见那穿黄衣服的人挑着两笼黄瓜，早已经如飞如风地跑上了山崖，转眼之间，连人和黄瓜笼都进了那被大石封闭、只留一线孔隙的崖洞里去了。船上看的人通通都感觉奇怪，连船老板也奇怪，把气消了，慢慢大家才恍然大悟：那穿黄衣服的人正是崖洞里的金鸡啊！船老板急忙抓起船头上的篮子一看，那些肮脏的东西都变成了黄澄澄的金子。这船老板后来就成为富家翁了。

这段故事给那坐船回县城的人回去一说,不久一城的人都传扬开了。那些好奇的人和想发横财的财迷们,都牵线不断地朝这座山崖走,可是除了一座被大石头封闭住的山洞以外,别无所见。过了很长一段时间,慢慢的,人们才对它没了兴趣和热情,关于金鸡的新的传说,从此便没有再听见过了。

眉间尺

　　从前楚国有一个铸剑的名工，名叫干将，他的妻子名叫莫邪。楚王给干将两块铁胆肾，就是从武器库里吃武器的一对怪兔子的肚子里掏出来的，要干将给他铸造两把宝剑。干将把两块铁胆肾拿回家仔细一看，果然坚硬无比，是铁的精华。因此非常欢喜，就架起火炉，用心铸造起来。两夫妻日夜不休地工作了三年，两口宝剑才铸造成功。

　　当它们从火炉里取出来，冷凝定了时，简直像秋水似的明亮，发射出闪闪的寒光，头发放在剑锋上一吹就断，拿它来切铁如泥土一般，真是古今少有的两口好剑。

因为是夫妻俩几年辛苦的结晶，所以就用他们自己的名字来做了宝剑的名字：雄剑就叫干将，雌剑就叫莫邪。

楚王知道干将快把宝剑铸造成功，又是欢喜，又是忧虑。欢喜的是他有了这两把宝剑，就可以傲视诸侯，雄霸天下；忧虑的是将来若是给外国国君知道了，想法子把干将弄了去，再叫他替他们铸造更好的宝剑，那么一切美梦就都要落空了。因此残暴的楚王，决定在干将献剑的这一天，借口说他工作迟缓，将他杀掉，以除后患。

干将本人也知道，他铸造了这两口世间所无的宝剑，楚王绝对容他不过，一定会杀他。那时他的妻莫邪已有了几个月的身孕，干将对莫邪说：

"我替楚王造剑，三年才成功。楚王是个猜疑心重的人，怕我将来又到外国去替别人铸造宝剑，一定要借口杀掉我。我如今去献剑，就把这口雌剑献给楚王，雄剑我已经藏了起来。我死了之后，你若生下女孩，那就算了，倘若是男孩，等他长大后，就告诉他——

　　出门去望望南山，
　　松树生在石头上，

宝剑就在它背上。

他照着我这几句口诀去寻找,自然会找到那口雄剑,就叫他带了雄剑去替我报仇!"

说毕,干将就带了雌剑去见楚王。楚王说:

"原叫你铸造两口宝剑,如今为什么只带来这一口?"

干将说:"大王给的那两块铁胆肾,本没有多重的分量,只能铸造这么一口。"

楚王便叫识剑的人来看看这口宝剑,那人把宝剑看了看说:

"剑有两口,一雌一雄,现在雌的来了雄的还没来。"

于是楚王大怒,更用不着什么借口,马上就叫人把干将绑出去杀掉。

干将死后,过了几个月,莫邪生下一个男孩。这男孩生得相貌有些奇怪:两条眉毛分得很开,就给他取了一个名字,叫做"眉间尺"。眉间尺长到十四五岁,就问母亲:

"我爹在什么地方,你怎么老是不告诉我?"

母亲被逼得无法,只好告诉他说:

"你爹是楚国有名的铸剑工人,他曾经替楚王铸剑,三年才铸造成功。楚王发怒,把他杀了。"

眉间尺听了,悲愤万分地说:

"我马上就去替爹爹报仇!"

母亲说:"你年纪这么小,怎么去得?——过几年再说吧。"

眉间尺说:"我年纪已经不小了,让我去吧。"

母亲见他志向坚决,只得把干将临走时说出的几句口诀告诉了他。

眉间尺听了母亲的话,赶紧跑出门去,朝南望了一望,却不见有什么山,只见厅堂前面的石墩上,有几根松木柱子,眉间尺心想:恐怕所说的"松树生在石头上",就是这儿了。就挑了靠近门边的一根,试拿斧头到它背后去一砍,柱子劈破了,果然就从里面取出了那把叫做"干将"的雄剑。

眉间尺背了雄剑,辞别母亲出门替爹爹报仇去。他刚走进京城的那天,楚王就在那天晚上做了一个怪梦:梦见一个宽额头的小孩子,两条眉毛之间相距有尺多远,手里提了一把宝剑,杀气腾腾地走过来,说是要替父亲报仇,提起宝剑照着楚王脑门便砍,楚王大喊救命,吓出一身冷汗,就醒来了。醒后回想梦境,觉得自己的生命大有危险,于是就悬了千金重赏,要捉拿那个梦中所见的奇怪孩子。眉间尺赶紧逃出京城,跑到深山里去躲着。

在山里躲了些时候,心想自己毕竟太年轻,没见过大世面,一听楚王悬赏捉人就想不出对付的方法了,自己一死倒不足惜,只是爹爹的冤仇不知道什么时候才能得报?想到这里,不禁悲从中来,一面哭泣,一面信口歌唱。正在万分愁惨的时候,忽然看见一个瘦长汉子,穿一身黑衣服,走到他的面前,目光灼灼地看着他,问他道:

"你这孩子,小小年纪,为什么独自在这里悲哀哭泣?"

眉间尺说:"我是干将莫邪的儿子,楚王杀了我的爹爹,我想替爹爹报仇,却找不到报仇的机会。"

黑衣服汉子说:"楚王暴虐无道,你的仇就是我的仇,同时也是楚国人民的仇。我倒有一个替我们大家报仇的主意,不知道你同意不同意?"

眉间尺说:"只要能够报仇,不管叫我牺牲什么,我都没有不同意的。"

黑衣服汉子说:"我听说楚王悬了千金重赏,来购买你的头颅,你如果肯把你的头颅和这把宝剑都交付给我,我就能够去替你也替我们大家报仇。"

眉间尺听了,朝着黑衣服人的眼睛看了看,相信他说的话定然是真的,就毫不迟疑,从背上抽出宝剑,向后一挥,割下自己的头来,将头和宝剑双手捧着,一齐交给对面站着的黑衣服人,然后仰身倒在地上。

黑衣服人叹息了两声,将眉间尺的尸身用土掩埋了,轻轻揩拭去宝剑上的一丝血迹,然后背上宝剑,提着人头去见楚王。

楚王见了人头,好不欢喜,认为后患既经除去,以后就可以高枕无忧了,吩咐人把人头拿出去丢掉。黑衣服人向楚王说:

"慢着,这孩子的头非比寻常,乃是一颗勇士的头,应当放到汤锅子里去烹煮,到肉烂为止,否则他还会成精作怪,再来和您捣乱的。"

楚王果然叫人搬了一口大鼎锅,放在大殿下,燃烧起熊熊的柴火,将头放在鼎锅里去烹煮。

头颅在鼎锅里烹煮了三天三夜,都没有煮烂,甚至连一丝皮骨、一根汗毛都未曾伤损,并且还好几次从汤锅里跳了出来，圆睁着一对眼睛，在地上滚转。楚王见这孩子的头煮不烂，未免也担着些心，便问黑衣服人是什么道理。黑衣服人说：

"孩子的头不烂，是因为他还有些邪祟未散，如今请大王亲自到汤锅边来看一看，借大王的威武，压他一压，自然就会烂的。"

楚王心里本来有些胆怯，不敢去看那孩子的头，但是当着文武两班朝臣，怕丢脸面，不好意思不去看。只得勉强抖擞精神，壮着胆子，咬紧牙关，一步一挨，走到汤锅边。刚伸着颈子向汤锅这么一看，说时迟，那时快，只见黑衣服人从背上拔出宝剑来，向着楚王的颈子这么一挥，楚王的头就"扑通"一声掉在汤锅里了。黑衣服人随即把宝剑朝着自己的颈子一挥，又是一颗头颅掉在汤锅里了。一刹那汤锅里三颗头颅都煮得稀烂。

大殿上的朝臣、太监、嫔妃、宫女……哭的哭，叫的叫，纷扰了好一会儿，然后用勺子从汤锅里把三颗头颅打捞起来。三颗头颅皮肉已经烂完，只剩下枯骨，大小也差不多相等，再也分不清楚哪个是楚王的头，哪个是刺客的头，哪个是孩子的头了。只得把汤锅子里的汤，连肉带骨，分作三份用瓦罐子装着，分别埋葬在一个地方，给修造了三座坟墓，通叫做"三王墓"。

左慈

三国时候,庐江人左慈,字元放,是个很奇异的人,从小学得一身神通和本领,远近知名。

有一回,曹操大宴宾客,左慈也在座中。曹操看了看席面上陈列的美酒佳肴,笑对宾客说:

"今天大家聚在一起,山珍海味总算多少个个具备了点,可惜就只缺少松江的鲈鱼做鱼丁。"

左慈听了微微一笑,说:"这也很容易得到呀!"

众宾客都说:"松江离开此地,不下千里,怎么说是容易得到?"

左慈说:"这且不管,你们只消给我一个铜盘、一根钓竿就行了。"

大家虽然心里纳罕,却也知道左慈有些能耐,便如他所说,把一个大铜盘和一根钓竿给拿了来。

左慈不慌不忙,拿着大铜盘,注上满满一盘清水,再把钓竿拿起来,在钓钩上装上饵,手持钓竿,垂钓盘中。不多一会儿,只听"泼啦"一声响,一尾三尺左右长的活泼鲜跳的鲈鱼就从铜盘里钓了起来。曹操一见,首先鼓掌,在座宾客也都齐声鼓掌喝彩。

曹操向左慈说:"好是好,客人这么多,一尾鱼怕分配不周,若是能够再钓得这么一尾就更妙了。"

左慈说:"这有何难!"

说着便又举起钓竿向铜盘里一钓,不久,又是一尾活泼鲜跳的鲈鱼被钓了出来,也是三尺多长,和先前那尾恰似一对。

曹操一时高兴,便走下座来,揎衣挽袖,亲自把两尾鲈鱼切碎做成鱼丁,分赐在座宾客。宾客们得了赐物,都很欢喜。

曹操又对左慈说:"松江鲈鱼虽是有了,可惜还缺少蜀郡的生姜,鲈鱼全靠这东西作调和滋味才美呢。"

左慈说:"这也容易,让我马上派个人去买了回来就是了。"

曹操心里暗想：蜀郡离这里有好几千里，哪里能够顷刻来回，他莫不是叫人在近处买了回来骗我？因此向左慈说：

"先前我曾派人到蜀郡去买锦缎，你可叫人顺便告诉他，叫他多买两端回来。"

左慈说："行。"

于是便派人到蜀郡去买生姜。隔不多久，买生姜的人已从蜀郡买了生姜回来，并且还向曹操说：

"在一家锦缎铺里见过您派遣去买锦缎的人，已经遵照您的吩咐，叫他多买两端了。"

曹操听了半信半疑。

一年以后，派遣去买锦缎的人，从蜀郡回来，果然已经多买了两端。

曹操问他为什么多买两端，那人回说：

"去年某月某日，在蜀郡某家锦缎铺里，见着某人，说是曹公叫多买两端锦缎回来。"

说的话完全和那天宴会上的情景相符，从此曹操才知道左慈果然有些神通和本领。

又有一回，曹操到近郊去游玩，跟随他一道去游玩的宾客共有百多人，左慈也在这群人中。到了中午，左慈右手提了一把酒壶，左手拿了一片腌肉，亲自斟酒割肉，请出游的众宾客吃喝。不到一时三刻，人人都喝醉饭饱了，看他酒壶里的酒，还是满满的，手里的那片腌肉，还是好好的，曹操心里好生奇怪。赶紧叫人到酒店里去看看昨天预先买好来待客的酒和肉怎样了。去的人回报说："店里的酒和肉都不翼而飞了。"曹操才知道是左慈和他开玩笑捣的鬼，心里很不喜欢。

曹操心想：这人神通广大，留着他在身边，我的军事机密难保不叫他探听知道，终究是件祸事，必须除掉才好。他却也不动神色，还是高高兴兴地游玩，直到尽兴尽欢才回府。

有一天，左慈正在和曹操谈论诗文，曹操忽然用眼睛瞟了一瞟左慈，吩咐左右的卫士：

"给我拿下！"

卫士们正要动手，只见左慈不慌不忙从座位上站起身来，向对面的墙壁一窜，一下子窜进墙壁，不见了。惊得曹操和大家只好面面相觑，无可奈何。

曹操于心不甘，又暗中派人四处去捉拿左慈。有人在大街上看见了他，正要下手捉拿，忽然一街的人都变作了左慈的模样，竟不知道捉谁才好。后来又有人在阳城山看见他，刚要去捉，左慈忽然走进羊群，摇身一变，变作了羊，混在羊群里面，不能分辨，还是拿他没法。那人眼看大好机会，错过可惜，因此心生一计，走进羊群，向群羊说道：

"左先生，请不要误会了，曹公不过是试试你的道法如何，并不是存心想杀害你。如今既然知道你的道法高明，就请出来相见，不必再隐藏了。"

说时只见一只老羊，屈了一对前膝，从羊群中站立起来，说：

"啊，原来是这样啊！"

那人欢喜已极，张开两只手臂，忙向老羊扑去，以为这下定把左慈捉住无疑，殊不知霎时只见所有的羊都变成了老羊，并且都屈了前膝，立起来，齐声说道：

"啊，原来是这样啊！"

那人左看右看，眼睛都看花了，到底不知道该捉哪只羊才好，只好还是闷闷不乐地走开了。

寄女

古时候,越国的东部,有一座高山,名叫庸岭,从山脚到山顶,得走好几十里。

这山的西北角崖洞中,盘踞了一条大妖蛇,七八丈长,黄桶般粗,常常出洞下山来吃人,这一带的人民给凶蛇杀死的不计其数,大家都恐惧极了。

没有法子,人们便在山上蛇洞近旁修了一座庙,每年拿牛呀、羊呀等动物来祭祀妖蛇,希望它不要再下山来吃人了。哪知道妖蛇吃了牛羊,还是照样下山来吃人。

人们拿这怪蛇简直没法可想。

一天晚上,妖蛇忽然给人托梦,说牛羊不合它的口味,想吃十二三岁年轻女孩子,如果按照吩咐送来,就可以免却灾祸,若是不然,那么还是照旧行事。

第二天早上,做梦的人醒来,把所做的梦向大家说了。恰巧人们中有个巫师,也做了个相同的梦,大家便认为妖蛇的嘱咐是真的,不敢懈怠。

可是十二三岁年轻女孩子虽然多的是,谁又忍心把自己的亲生骨肉送去给妖蛇做食粮呢?商量了半天,没个结果,只得听其自然。

后来妖蛇又出来吃人,大家实在不得已,只得凑了钱,收买穷家小户的女儿和罪犯的女儿养着。到八月初,把这些女儿当中的一个,用彩轿抬着,乐鼓护送着,吹吹打打地抬上山去,放在妖蛇的洞口。妖蛇等人们散尽了便爬出洞来把女儿活活吞掉。以后果然清净,太平无事。从此每年便把十二三岁的女孩抬去喂妖蛇,成了常例。

一年年过去,不觉过了九年,九个可怜无辜的女孩子都做了妖蛇的牺牲品;到第十年,收买得来的女孩都用尽了,要重新凑钱收买,一时还没找着门路,大家都很着急。

那时候,将乐县有个穷人,名叫李诞,家里养着六个女儿,却连一个儿子也没有,生活相当困难。他有一个小女儿,名叫寄女,生得聪明有胆量。听说凶蛇害人,人们出大价钱购买女孩子去做牺牲,便在心里打定了个主意,向爹妈说:

"爹妈命不好,单生了六个女儿,一个儿子也没有,不但不能供养爹妈,反倒要劳烦爹妈来供养,这样活着倒不如死去。如今妖蛇作怪,爹妈不如把女儿卖去喂蛇,倒可以得一笔钱,贴补家用,岂不是好?"

爹妈一听这话,很是惊讶。虽然愁着日子不好过,但是究竟骨肉情深,不管女儿怎么说,到底不忍心为了几个钱叫她去送死。

寄女知道爹妈不忍心,只得暗中逃跑出去,找到那般收买女孩子的人,说明自己愿意卖身喂蛇。人们见有这么个勇敢不怕死的闺女寻上门来,都十分奇怪,问她究竟打的什么主意,是不是真的甘心前来送死。

寄女说:"我哪里甘心前来送死,我不过想要为人民除害罢了。你们只需给我一把锋利的宝剑和一条咬蛇的猛狗,别的都不要管。"人们见这女孩谈吐不凡,都说:"好吧,替你办到就是。"

到八月初,寄女便带了宝剑和猛狗,径上山去,到神庙里等候着。她先把几石蒸熟捣烂的米饭,拌上蜂蜜炒麦面,担来堆在妖蛇的洞口,然后悄悄躲在庙门里观看动静。

一会儿,妖蛇闻着米饭的香气,便从洞里慢慢爬出来。啊呀,只见那蛇头竟有谷仓般大,那一对眼睛也大赛直径两尺的青铜镜,周身鳞甲闪闪发光,好不吓人。寄女见了,也不惧怕。趁那蛇吃蜜拌米饭吃得有劲时,一下子把猛狗放了出去,猛狗竖着尾巴,直扑上前去咬那妖蛇。妖蛇猝不及防,颈脖上给咬下一大块皮,又痛又恼,掉头腾身过来,圆睁怪眼,张开血盆大口,便要吞吃猛狗。猛狗横蹦竖跳,毫不气馁地敌斗妖蛇。寄女趁两下里打得火热,觑着机会,几步窜到蛇的身后,双手举起宝剑,用尽全身力气,朝妖蛇要害地方,便是一阵猛砍。蛇皮虽厚,毕竟挡不住寄女的勇猛和宝剑的锋利,终于被砍开了几道深深的创口,殷红的血像喷泉似的流出来。妖蛇负痛,不由自主地从洞里腾跃出来,直入庙门。哪知半段身子刚窜到大殿上,由于受伤过重,翻腾了几下,终于长伸伸地死去了。

寄女看见妖蛇死去,便带了猛狗,到蛇洞里去,寻找到以前给蛇吃掉的九个女孩子的骸骨。她把这一堆堆的白骨都从洞里搬出来，瞧着它们叹息说：

"你们未免都太怯懦了，竟然给蛇吃掉。可怜！可怜！"

说罢，她就提着宝剑，带着猛狗，缓步从山上走回家去。一方大害，就这样给一个小女孩除掉了，四乡人民谁不交口称赞。后来一传十，十传百，传开了去，终于传到了越王的耳朵里。崇尚勇武的越王听说有这一事，不免大为惊奇，便特别重视，派遣使臣去聘娶寄女进宫来做了王后，并且还拜寄女的父亲李诞做了将乐县的县令，寄女的母亲和五个姐姐也都各有赏赐。一家人从此丰衣足食，生活都好了起来。人民感念寄女替他们除了大害，纷纷把这件事情编成歌谣，到处传唱，世世代代不绝。

张华和狐狸

张华,是个博学多才的人,晋惠帝时候,他在朝中官职为司空。

那时燕昭王坟墓附近,有一只老花斑狐,因为年深日久,成了精怪,善能变化。有一回,变化作一个书生的模样,打算去拜访张华,看他的学问有多么大。行前特地去问问燕昭王墓前那只老华表:这华表,也是一个妖怪,和老花斑狐是一伙的,平常做什么事,两个总是商量,狼狈为奸,所以老狐狸临行时要去找它。

狐狸见了华表,说:"老朋友,我打算到京城去找张司空谈谈。你说,以我的才学和相貌而论,可以去见他吗？"

老华表说："以你的聪明才干，固然做什么都行。可是张司空的识见超卓，恐怕不容易把他蒙骗过去吧！我看你这回出去，十之八九凶多吉少，那时候，非但会丢失你千年的道行，说不定还会连累我老表跟着你受罪呢。我劝你还是安安静静地待在家里享清福的好，不要出去卖弄聪明了。"老花斑狐只是不听。

于是，他就驾起一阵妖风，直到洛阳，去觐谒张华。张华见他衣冠楚楚，年少风流，谈吐不俗，便很器重他。及至和他谈论文章，许多议论，张华都闻所未闻。后来又谈到经史百家，天文地理，医卜星相，老狐狸更是口若悬河，头头是道。张华心里暗想："天底下哪有这么年轻却又这么有学问的人！要不是鬼怪，定就是狐狸。"表面上却不露出半点疑惑来。一面叫人打扫书房，留客住宿，一面暗中叫人防护着，不让他逃跑。

狡猾的狐狸留宿了一个晚上，觉察出情况不妙，便带着恼怒的脸色责备张华说：

"您是当代名流，我想您原该尊敬贤人，就是一般读书人，您也该包容他们才对。人有才干，应该嘉勉，就是无才无能，也该受到您的怜念，怎么现在您反倒嫉妒起别人的学问来了?既然您不欢迎天下贤士,那么我就只好告辞了!"

说着就要朝门外走,哪知道张华已叫人在大门那守卫着,走不出去。

狐狸见走不出去,心里着急,又折转来对张华说:

"您叫您的卫士们在大门那把守着,不放我出去,难道您对我有了什么怀疑?您怀疑我倒不打紧,恐怕这么一来,就会使天下有学问的人,都只好卷起舌头不说话了。那些既有智慧又有计谋的人,望见您的门也都不敢进了。我倒很替您可惜呢。"

张华见这年轻书生能说会道,口吐莲花,心里愈加怀疑,并不答话,只是叫人更加严密和更加小心地把他防范着。

那时丰城县县令雷焕,也是一个博学多才的人,恰好来拜访张华,张华就把书生的事情告诉他。雷焕说:

"假如您果真疑惑他,何不唤只猎犬去试试呢——妖怪岂不是最怕狗么?"

张华听了,认为办法还好,就真个唤了只猎犬,去到那书生面前。殊不知那书生见了猎犬,竟毫无惧色,只不过在鼻孔里微微冷笑了笑,说道:

"我天生聪明才智，你在学问上比不过我，却把我当做妖怪看待。如今无计可施，竟唤了条狗子来试验我——哼，哪怕你用尽心机，想尽办法，试验我一千遍，一万遍，可又能把我怎样呢？"

张华听见书生说出这样狂妄不逊的话，不由心里大怒，对雷焕说：

"看他的言语行动，一定是真正的妖怪无疑。妖怪固然怕狗，可是我听说狗所能辨别的，只是几百年以内的妖怪，若是上千年的老妖，狗就不能辨别了。现在只有去找到一段千年古木，燃点起来，才能把千年老妖照现原形。"

雷焕说："好倒却好，可是这千年古木，又到哪里去找呢？"

张华说："民间相传，燕昭王墓前的华表木，已经有了千年，用这东西来试验那书生，倒很不错。"

大家商量已定，于是张华就派遣了一个使者，带领人夫差役，到燕昭王墓前去砍伐那华表木。使者刚要到坟墓所在地，忽然半空中来了一个穿青衣服的小孩子，对使者说：

"您从哪里来？"

使者说:"张司空那里有一个少年书生来拜访他,这人学问好极了,能说会道,张司空疑心他是妖魔,叫我去取燕昭王墓前的华表木来照他。"

青衣小孩听了长叹一声,说:"老狐狸自作聪明,其实蠢极!当初不听我的话,如今遭了大祸,竟连累到我的身上,我还逃跑得了吗?"说罢放声痛哭,忽然不见。

使者惊诧了一会儿,就走到燕昭王墓前,叫人把那华表木砍伐下来。木头遇见斧子,鲜血长流。使者便把砍下的木头带了回去,点燃了来烛照那少年书生。少年书生一见火光,吓得脸色惨变,就地一滚,现出原形,原来真是一只老花斑狐,吱吱地叫着,叩头乞命。张华看着笑了笑说:"这两样东西要是不遇到我,再过一千年也把它们收拾不了!"随即吩咐人去把这老狐狸剐了,放到鼎锅里烹煮起来。因为害人的妖物,从来都是怜悯不得的。

注:华表:古人竖立在坟墓前作为标识的木头柱子。

定伯卖鬼

南阳宋定伯素来以胆气闻名。他年轻的时候,有一天走夜路,碰到一个黑乎乎的人影,有点像鬼,便问那家伙:

"你是谁?"

人影说:"我是鬼。"说了反过来问宋定伯:

"你又是谁呢?"

宋定伯想和鬼开开玩笑,便谎他说:

"我也是鬼。"

鬼又问:"你打算到什么地方去?"

宋定伯说:"到宛市去。"

鬼说:"我也正要到宛市去。"

假鬼和真鬼就一同结伴前行。走了五六里路,鬼走得快,宋定伯的脚步赶不上鬼的脚步,鬼有点儿不耐烦地说:

"这样走太慢了,不如我们两个互相担着走,你看怎样?"

宋定伯说:"也好。"

鬼便先担宋定伯走了几里路,越担觉得越费劲,不免起了疑心,说:

"你怎么这么重,怕不是鬼吧?"

宋定伯说:"我刚死不久,是新鬼,身子不免稍微重些。"

鬼说:"哦,原来是这样。"

便把宋定伯从肩头放下来,由宋定伯担了鬼走。

鬼在宋定伯的肩头上,轻得像灯草,几乎没有重量。宋定伯担着鬼,快步如风,心里着实快活。像这样轮流担负,不觉就走了二三十里。

路上,在和鬼聊天中,宋定伯趁机问鬼:

"我是新鬼,关于鬼的事,我确实懂得不多。可不知道鬼究竟怕些什么?"

鬼说:"鬼什么都不怕,就是怕人家朝他身上吐口水。"宋定伯把这话记在心中。

走着走着遇到一条小河沟,宋定伯叫鬼先渡过去,鬼就先渡,听去一点儿声音也没有。然后轮到宋定伯过河,却弄得河沟里的水稀里哗啦直响。鬼很诧异,问:"你究竟是人还是鬼,为什么把水弄得这么响呢?"

宋定伯说:"不是老早就跟你说过,我刚死不久,鬼的这一套我都还没有学会呢。"

鬼没说,便又互相担着一同走。看看快到宛市了,天也快要亮了,宋定伯便把鬼担上肩头,一下子把他紧紧抱住。鬼知道上了当,便在宋定伯肩头上叽叽直叫,要求放他下来,宋定伯只是不理。

宋定伯担着鬼,一直走进宛市。这时天色已经大亮了,到宛市来赶集的人也渐渐多了。宋定伯走到市场上空旷的地方,便把鬼从肩头上摔下来。鬼一落地,便变作了一头羊,咩咩地直叫。宋定伯看这头羊还生得肥壮乖巧,决心把它卖了。怕它再要变化,便朝着它的脸吐了一泡唾沫,羊就定了形,不能再变了。宋定伯就把这只羊卖给了一个乡下人,得了一千五百文钱。

后来民间流传了两句谣谚，道是"定伯卖鬼，得钱千五"，来形容这勇敢的汉子的滑稽多智，果真名不虚传。

老龟

三国东吴孙权时候，永康有一个人，到山里去打猎，遇见一只罕见的大乌龟，这人就追赶过去把乌龟捉住，用索子套了起来。大乌龟叹息说：

"出来游玩，没有选好时候，如今给你捉住，还有什么话说！"

这人见乌龟说话，很是奇怪，便决定把它用船载去，献给吴王孙权。

一天晚上，船停泊在一处地方，名叫"越里"，把缆绳系在江边一株老桑树上。到夜半，月亮特别好，这人睡不着觉，躺在舱里看月亮。只听见从老桑树里发出声音，对船上乌龟说：

"元绪先生辛苦了，你怎么给绳索捆绑，弄成这般模样啊？"

老乌龟说："告诉你不得：我出门不利，给人捉住，眼看就要弄到汤锅子里去煮起来。——不过请你放心，我这老乌龟却也不是那么容易对付的，哪怕他把南山上的树木都砍来当柴烧了，也未必能把我煮得烂呢。"

老桑树说："你也别说嘴，吴王孙权那里诸葛元逊见多识广，未必就能饶过你，他若是找着了像我这样的老木头，那时我看你还有什么法子可想？"

老乌龟发出恐慌的声音说："你是明白人，不要多说话，这场大祸恐怕你我都躲不脱呢。"

于是桑树和乌龟都不做声了，只有江浪还拍着船舷微微作响。

这人把乌龟送到吴王孙权那里，孙权立刻叫人拿鼎锅把乌龟烹煮起来，烧了百来车柴，老乌龟却还在锅子里伸头缩颈，悠然自得。适逢诸葛恪——就是诸葛元逊——到朝堂议事，见乌龟烹煮不熟，便向孙权说："必须找到千年老桑树，这千年乌龟才烹煮得熟。"

献乌龟的人在一旁听了，也凑上去说："对，对，正是这么说的。"就把月夜里龟树共话的情节向孙权说了一番。

孙权怪他说:"那你为什么早不说呢?"

这人说:"因为是无稽之谈,怕说了无效,我王降罪。"

于是孙权立刻派人去砍了江边那株老桑树来,刚烹煮不多久,老乌龟就四脚朝天,皮开肉烂了。

后来民间流传了两句谣谚:"老龟烹不烂,移祸于枯桑",指的就是这件事情。宋明话本里多有引用这两句谣谚的。

仙 谷

天门郡有一座山,这山不算很高,可是山势崔嵬,回环往复,遍山长着苍松翠柏,下面又临着一道深谷,看来却也险峻幽深,很具形胜。

这座山,往些年都没有什么,只是近些年来,却出现了一桩怪事。你说是什么怪事?原来当地居民,若是有偶然从山谷中经过的,刚走到中途,就会忽然从平地上升到半空中,然后就不知去向,从此永远也不回家了。一个人单独经过是如此,就是许多人结伴经过也是如此。若是许多人结伴经过,远远望去,那光景才叫好看呢。忽地一群人从树梢腾跃起来,衣袂飘飘飞舞,好像一群飞仙，愈升愈高，快到山顶，一下子就不见了。有时还连上毛驴，连上鸡和狗，只要是生物，一进到谷中，都能够这么"白日升天"。因此，人们就给这山谷起了一个美名，叫做"仙谷"。近些年来闯进"仙谷"成了神仙不回家的人，却也不在少数了。它一方面引起人们的好奇和企羡，更多的却是叫人疑惑和忧愁，因此除是不知道，特意跑到那"仙谷"里求登仙的却也很少。

但也有这么一种人：吃得饱饱的，穿得暖暖的，还希望成仙成佛，长生不老。学道修行既然是那么艰苦，现在有了这一个方便的法门，只要一进山谷，就能够平地登仙，确实是轻而易举，教人不能不受他的引诱。于是就有那成仙心切、胆子特大的人，要亲身到这里来试一试。他们在进入山谷之前，往往还拿香汤来沐浴，穿戴得衣冠楚楚，然后进入谷中。果然不费什么事，一下子就飞升上天，达到了他们所想达到的目的。——"仙谷"的名声因此愈传愈广远了。

附近有一个人，对于这件怪事，早就抱着怀疑的态度。心想那些进入"仙谷"的人若是真个都升仙去了，为什么去了这么多人，就从没有一个人回来探望亲友，告诉仙家消息的？难道仙人就这么绝情？这一定是有什么妖物在其中作怪,故弄玄虚,残害世人。若要识破它的机关,还须亲身去做一番考察。

这人也真胆大,就挑了一个天气好的日子,背上背着个磨盘石,手里牵了一只黄狗,向着那山谷走去。山谷里因为少有人走的缘故,处处一片荒凉。进了山谷,只见野草蓬蒿满地,几乎把路都封没了。这人牵着黄狗,一步一步小心地探着路,刚走到途中,忽然听见黄狗"汪"的一声叫,便扑地腾空而起。这人手里的绳子一松,这狗就带着绳子直飞上天了。靠了背上磨盘石的帮忙,这人总算还能直挺挺地站在地上,没有随着黄狗也飞上去。这人正是要黄狗上天,便也不甚惧怕,站在那里眼睁睁地瞧着黄狗上去。只见那并不愿意上天的黄狗在半空中乱翻着筋斗,蹦着跳着,哀嚎着,然而还是身不由己地直升上去。这人定睛觑着,看着那黄狗快要到山头了,就突然一下子消失了踪迹,并不升得比山头更高一些。看清楚黄狗升天的景象之后,这人心里就完全明白了,却也不作声张,仍旧背着磨盘石出了山谷。

这人回到乡里,就把他亲身遭遇的一切告诉乡里人知道,并且断定山头定然有妖物作怪。大家一商量,就征募了几十个年轻勇敢的汉子,各人手里拿了武器,或是弓箭,或是长枪,或是大斧,或是刀,或是剑,由这人带领着,上山除妖去了。他们不从山谷上山,只抄后山上去。这山因为险峻难行,久已无人攀登。一行人披荆斩棘,互相牵挽,好不容易才到达山顶。

到了山顶一看,啊呀,只见一条巨蟒,盘踞在一块大崖石上,周身鳞甲斑斓。看光景总有好几十丈长,一人多高。众人隐身在草丛中,偷偷观看那蟒的动静。只见它偶然掉头过来,那头之大,竟像一座土地庙;一对耳朵,也有簸箕那么大;阔有一丈多的嘴巴张开,喷突出猛火般的舌头,那景象好不吓人。除妖勇士们也不惊怕,就由几个高明的射手,举起弓箭,对准那蟒灯笼般的眼睛,同时几箭射去,真个是箭无虚发。那蟒的两只眼睛都给射瞎了,殷红的血液淌了满脸。那蟒痛怒交迸,想要窜来扑人,可是却不辨方向,每次都落了空。众勇士从草丛里跳出,一拥而上,搠的搠来砍的砍,一顿家伙,居然把个妖蟒给治死了。大家近前一看,只见妖蟒的周围,乱七八糟,排列着一堆堆死人的骨头,"登仙"的结果,就是如此。原来那妖蟒要吃人,就在山头上张开大嘴,朝谷底吸气,人被它这么一吸,就不由自主地飞上了山头来。

　　妖蟒的危害既然除去,从此人们就可以安安心心,照常经过山谷,再也不怕忽然飞升上天去成神仙了。

山臊

古时候,中国南方山上,据说出产一种怪物,名叫"山臊"。这山臊,见过它的人说,形状像猴子,只有一只手、一只足,披着长长的头发,喜欢吃虾子、螃蟹,还常常在晚上偷偷跑到熟睡的伐木人的火堆旁边去,把从溪涧里捞得的生虾、生蟹烤熟了来喂它的孩子。有人还说这种怪物善于变化,人若是得罪了它,它会使出法术来伤害人。可是只要你懂得它的习性,那也还是有法子整治它的。

却说富阳有一个姓王的人,以捕鱼为业。有一回,他拿一些篾片在一条死水沟里编了个拦螃蟹的"蟹断",

希望捉到大批螃蟹。哪知道第二天早晨跑去一看，只见蟹断里除了一段两尺多长的木头以外，别无所有，而蟹断却裂开了一道口。王某心想："这才奇怪呢，是谁把我的蟹断弄破一道口，让所有螃蟹都跑光了，却放这么一段鬼木头到蟹断里面来寻开心呢？"想来想去，想不出开玩笑的人，只得自认晦气，把木头从蟹断里水淋淋地捞起来，甩到岸上，又花了大半天工夫，将蟹断修补完好，然后回家去。

第二天早晨，王某又去一看，只见昨天的那段木头，又在蟹断里面，而螃蟹又都一只也没有了。王某恨恨地咒骂了一回，仍旧只得把木头捞起来，甩到岸上，把蟹断修补好，然后回家。

第三天，王某又去一看，却又作怪：那段甩上岸去的木头，又在蟹断里面，而螃蟹又都没有了。王某心想："好家伙，说什么有人和我开玩笑，说不定就是这鬼木头在作怪，让我带回家去，几斧头砍开来，丢在灶孔里当劈柴烧了完事。"主意打定，就去把那木头捞起来，往蟹笼里一装，系在担上，肩膀上扛了就朝家里走，破了的蟹断也不再去修补它了。

走呀走的，离家还有两三里，却听得蟹笼里索索有声,掉头一看,只见笼里那段木头早已经变作了一个人脸猴身、一只足一只手的怪物,王某认得这怪物就是山獠。王某心想:"你也有落到我手里的这天啊!"不慌不怕,放足直走。

只听得山獠在笼子里哀告王某说:

"对不起,老哥,我天性喜欢吃螃蟹,这两天确实是我下水去弄破了你的蟹断,吃了你的螃蟹。这样的事,也就请你加以原谅,快把笼子打开,放我出来。我是山神。以后一定暗中帮助你,使你得到大螃蟹。"

王某说:"别多说了,你既然三番两次整人害人,那就该死,还说什么帮助我得到大螃蟹。这些鬼话我都不要听了,你如果真能帮助我,还会这么不要脸地来偷我的螃蟹吃吗?"

一顿话说得山獠哑口无言。隔不多久,这怪物又在笼子里冲撞蹦跳,死皮赖脸地请求王某放它出来,王某只是不理。

怪物恼了,在笼子里厉声问道:

"你这人好不讲理!——你姓什么?叫什么名字?说出来,我倒想知道知道!"

连问了好多遍,王某知道问话当中定有鬼计,只是给它个不作声，脚步却越走越快了。看看距家已近，怪物在笼子里无计可施，只得自言自语、颓丧万分地叹道：

"既不放我出笼子，又不告诉我你的姓名，还有什么法子可想呢——唉，看来我只有死路一条了！"

王某回到家里，赶紧叫家里人烧起一堆柴火，连笼子带山猱放在柴火上烧成一堆灰。以后再去捕蟹，就常常满载而归，再也不怕什么妖怪来捣乱了。

这山猱，据说一旦知道了人的姓名，就能够施展法术来伤害人。它在笼里之所以那么连连询问王某，正是想使下法术来伤害王某，使自己逃脱灾难。王某懂得它这套鬼把戏，所以没有上它的当。

鹅笼书生

东晋时候，阳羡有一个名叫许彦的人，是一个穷苦的读书人。有一回，背了个鹅笼，鹅笼里装了一对白鹅，打从绥安山山脚下经过。半路上遇见一个少年书生，十七八岁年纪，穿戴得非常阔气，躺在路边草地上，微微蹙着眉头，样子好像有些不舒服。天气本来也热，许彦自己也走得很疲倦了，于是就把鹅笼从肩头上放下来，坐在书生的近旁，打算休息一会儿再走。

"你怎么了？"许彦问那书生。

"脚痛，走不动。"书生说。

"是呀，这山路本来也不大好走。"许彦一面用手帕揩着脖子上的汗,一面说:"没走惯的人是要吃点苦头的。"

"我请求你让我坐在你那鹅笼里面,顺便带着我走好不好?"

"什么——你说什么?"许彦惊讶地望着书生,觉得自己耳朵一定出了什么毛病。

书生又把刚才的话说了一遍。许彦沉下脸来不高兴地说:

"你我不过初次见面,你开什么玩笑啊?"

"我哪里是开玩笑?"书生抗议说,"我说的是真话——不信你看,"说着,书生就站起身来,望着鹅笼一跳,说也奇怪,一眨眼的工夫,书生就进了鹅笼,和两只白鹅一块儿坐着。鹅笼也并不比先前大,书生也并不比先前小,而且两只鹅也照样安详自在地蹲在那里,没有一点吃惊的样子。这奇景可把个许彦看怔了。

"走吧,朋友。"鹅笼里书生向许彦说。

许彦这才惊醒过来,试着去背上那鹅笼,向前走去。鹅笼里虽然加上书生,倒也并不觉得增加了重量。这么走着,走了一会儿,来到一棵大树下,许彦便把鹅笼放下来,稍作休息。

这时，书生从鹅笼里一跳，跳了出来，对许彦说："我打算备办点菲薄的饮食招待你，你说好吗？"

许彦肚里正觉得饥饿，就说："很好，谢谢。"

于是书生就从嘴里吐出一个大铜盘，铜盘里陈列着各种各样的肴馔，都是海陆珍馐，一阵阵冒着芳香的热气。所有器皿都是铜制，雕镂着虫鸟花卉，精美绝伦。于是两人坐下来喝酒，吃东西。酒过数巡，书生对许彦说：

"我身边带了个妇人一道走，现在想请她出来会会面，好吗？"

许彦随口说道："很好。"

于是书生便又从嘴里吐出了个青年女子，年纪十五六岁，衣服华丽，容貌娇美，坐下来一同喝酒。

喝了一会儿，书生喝醉了，就倒身在地，沉沉地睡去。女人见书生睡熟了，便向许彦说：

"我虽然和书生是夫妻，可是我并不怎么爱他，我也随身带着个男子同道，如今书生既然睡去，我想叫他出来暂时会会面，请你不要声张，好吗？"

许彦心里好生奇怪，但为了要看看女人究竟要些什么鬼把戏，只得还是随口说道："很好。"

于是女人便从口里吐出一个男子,二十三四岁年纪,看样子也还聪明可爱,便坐下来一同喝酒,并且和许彦攀谈。

正谈话时,躺卧在地上睡觉的书生身子微微转动,好像要醒来的光景。女人赶快从口里吐出一扇织锦屏风,横在当中,把书生遮拦着,自己却转进屏风后面去观看动静。一进屏风,就被书生留了下来,同在那里睡觉。不久,两个人都睡熟了。

男子见他们睡去,便向许彦说:

"这女人虽然待我有情,可惜也不很专。我自己也弄了个女人在身边同行,如今想见她一见,请你不要作声,好吗?"

许彦心里更是奇怪,却也不露声色,还是随口说道:"好。"

于是这男子从嘴里吐出了个女人,二十岁左右年纪,生得也还姣好,大家就坐在一起,喝酒,调笑,玩耍。

过了好一会儿,只听见屏风后面有书生的动弹声,男子便悄声说:

"两个人快要醒来了。"

于是便把刚才吐出的女人,一口吞进肚子去。不久,陪书生睡觉的女人从屏风后面走出来，也悄声说：

"书生已经睡醒，快要起身了。"

说着便把那男子一口吞下肚去，独个儿面对着许彦坐着。

不久书生从屏风后面走出来，向许彦说：

"略睡了一会儿，不想一睡就这么久，你一个人独坐可不寂寞吗？真是对不起。现在天色将晚，就在这里和你分别了。"

于是便把女人吞下，把屏风、铜器等也都吞进肚中。只留下个大铜盘，直径有两尺多，送给了许彦，说：

"没有什么东西可以谢你，这不过是给你做个纪念罢了。"

许彦后来读书有了成就，在朝堂上做官，大元年间做到兰台令史；常把少年时代的这段奇遇对他的同事们讲谈，同事们都慨叹在妖物当中，竟也有这样风流浪荡，尔虞我诈，不敦品行的。后来把这铜盘转送给侍中张散，张散看那铜盘后面的款识，说是汉朝永平三年所作，离现在都好几百年了。

新鬼

有一个新死的鬼,肚子很饿,却找不到东西吃,好多天都是这样,因此身子弄得非常消瘦,萎颓,疲惫不堪。有一天,他忽然遇见生前一个朋友,死了将近二十年,却长得红光满面,胖壮非常。大家互相问好已毕,旧鬼见他一身瘦得可怜,不免问道:

"多时不见,你怎么弄得这般狼狈?"

新鬼说:"不瞒你说,自从死后,到处找不到东西吃,饿瘦了。你熟悉鬼国的情形,应当替我想个法子才好。"

旧鬼说:"这很容易呀,你只需跑到人间去作怪,人们见了害怕,自然就会拿出酒食来祭你,你就尽可以谋一醉饱了。"

新鬼听了欢喜地说:"法子原来这么简单,我竟没有想到!"

于是高高兴兴,跑到一座大市镇的东头去。那里有一家人,这家人屋子的西厢有一架磨,新鬼就去推那磨。这家主人见磨没有人去推,就骨碌碌地自行转动起来,就向他家的子弟孩儿说:

"老天爷可怜我家贫穷,叫鬼来替我们推磨。你们赶快量几斛麦出来,叫这鬼替我们好好地推上半天。"

这家主人说了,果然就有人去量了麦出来,一瓢一瓢给舀来放在磨眼里,让鬼来推着。鬼从中午直推到天黑,没歇口气,才把几斛麦磨完了。等歇下来时,已经精疲力竭了,也没见什么人拿出半点食物来吃。于是气呼呼地赶回去骂他的朋友:

"你怎么说话不算数,开我个这么大的玩笑啊?"

朋友说:"算了吧,这回吃了亏,另外去一家,包你会有好处。"

新鬼只得又到市镇的西头,找着另外一家人,这家人门边安着个米碓,新鬼便踏上碓去作起舂米的架势来。这家主人说道:

"昨天鬼帮助某家推磨,今天又来帮助我舂米,这鬼心肠可真是好!"

就叫了丫头去量出几斛谷来,给这鬼舂。丫头一面随时在舂米碓里添上新谷,一面又把舂过的谷扫出来放在筛子里筛簸。纷纷扰扰,一直闹到天晚。还是像昨天一样,闹得精疲力竭,没有得到一口食物吃。

新鬼实在气不过,便去找他的朋友,大骂说:

"我和你是几十年的老朋友,你怎么存心和我开玩笑啊?两天以来,辛辛苦苦地帮助别人,反倒一钵子饭都得不到。"

他的朋友笑向他说:

"你别急,先听我说。我只是叫你到人家去作怪,谁叫你老老实实地去替人推磨舂米?如今这世道,老实人吃不开,老实鬼也是一样,要耍点滑头才行啊!"

新鬼听了,恍然大悟。便辞别他的朋友,又到市镇上去。走到了一户人家,门前竖立了一根竹竿,新鬼便从门里进去。看见一群女子,正坐在窗前吃午饭。新鬼走进庭院,庭院里恰躺着一只白狗,新鬼便把白狗抱起来,使它在半空中行走。白狗被看不见的鬼手抱持着,汪汪地直叫,又蹦又跳,只在半空中兜圈子。这群吃午饭的女子见了这光景，一齐都丢下筷子站起来，吓得惊怔住了。家里所有人都跑出来看，都说从来没有见过这样的怪事。赶紧请算命先生来占了一卦，卦象说："有客人来寻求饮食，可以杀掉这只白狗，连同美酒佳肴、甘香米饭，陈列在这庭院里祭祀他，就不会有什么碍事了。"这家人果然听从算命先生的话，陈列了酒肉饭食来祭祀他，他便尽情尽意、畅畅美美地饱餐了一顿。

他得到了这个觅食的法门，从此以后，便时常到民间去作怪，果然每回都不落空，混得了许多酒食。他也像那老鬼一样，渐渐地吃得胖壮起来了。

石人医病

汝阳县彭姓人家有一座坟墓,靠近大路旁边。坟墓前面,立着个石人。有一天,一个乡下老太婆从集市上买了几个饼回来,走到这里,因为天热,就在墓旁大树下休息。手里的饼没处放,暂时放在石人头上。走的时候,忘记拿走石人头上的饼,就这么空着一双手走了。

老太婆走后不多久,一个从集市上赶集回来的农人,也从这里经过。忽然看见石人头上的饼,觉得奇怪,恰好来了一个老汉,农人就指着饼问老汉,说:

"看,石人头上为什么会有饼呢?"

老汉去看了一看,半开玩笑地向农人说:

"你不知道吗？这石人可有灵呢，凡是求他治病的，没有不见效果的。这饼就是他给人治病治好了别人来酬谢他的。"

农人一听，也不察虚实，便信以为真。

他一回到家里，就向家里人宣传路上的奇事：石人居然能给人治病。家里人听了，就把这话去向邻居们宣传。不久，一传十，十传百，就传得好些地方都知道了。并且还添加了些新的内容，大家都这么说：如果你头痛，就去摸摸石人的头，再摸摸自己的头，头就不痛了；肚子也是一样，先摸摸石人肚子，再摸摸自己的肚子，肚子就不痛了。总之，无论哪里有病痛，都可以如法炮制。这么一传，果真就有些人备办了香炉酒果，去求石人医病。抚摸了石人之后，心理上觉着似乎真的就好了些。石人医病的名声，就这么纷纷扬扬地传播开去了。起初还愿的人，还只不过是杀只公鸡，或是割二斤猪肉；后来架子扯大了，就用牛呀、羊呀什么的。因为来治病、还愿的人见多，石人的附近，就招来了小贩，卖些馍馍呀、水果糕饼呀、现成的纸马香烛呀……供应病家的需要；然后又来了些道士和端公，在大树下张挂起帐子、幔子，敲钟擎磬，替病家做功果；然后一些好奇的游客，以及江湖上耍把戏的、算命的、看相的……也都像蝇附蚁众般地赶了来；这样过了好几年，石人附近，一直热闹得像个集市。

一天下午，那个忘了饼子的乡下老太婆，又偶然打从这里经过，看见这里这么热闹，和几年前的光景大不相同，不禁很是诧异。又见石人面前插满了香烛，许多人在那里或是跪拜，或是抚摸，忙个不停，更是感觉惊奇。就向众人问起缘由，人们就告诉她说，这石人如何有灵，如何治好许多人的病症，起初因为治病见效，如何就有人在他的头上放了几个饼子还愿等。老太婆一听这话，便笑着说：

"说别的我都不知道，若是说起那几个饼子，我倒清楚：那就是我放在石人头上的。可并不是什么还愿，那就是因为天气热，走路走累了，我在这里歇口气，饼子没处放，只得暂时放在石人的头上。怨我老糊涂了，临走时忘记把饼子拿走，回家才想起，但是路远，就算了。就是这么回事儿。你们说，他治的什么病？见的什么效啊？"

众人听她这么一说，都忍俊不禁，哑然失笑了。这话渐渐传播开去，那些曾经求石人医过病的人，仔细一想，却也都觉得实在没有什么灵验处。这么一来，石人的面前，香火便慢慢地减少，终于绝了迹。那些靠石人吃饭的端公、道士，以及那些卖吃食的、变戏法的、看相的、算命的……也都纷纷散去，不知去向。后来，终于只剩下一个精光的石头人，仍旧像先前一般既不恼怒也不懊悔，笑嘻嘻地站在坟墓前晒他的太阳。

千日酒

狄希,是中山郡人,善于酿酒,能够酿造一种美酒,叫"千日酒"。这千日酒,人若是吃了,就醉眠一千天,酒性最是厉害不过。

本州有个酒徒,叫刘玄石,平时爱酒如命,只要打听到哪里有美酒,就千方百计要去弄来喝了才称心满意。如今听说狄希善于酿造美酒,就亲自上门去拜访,请他给点酒喝。

狄希说:"我酿的酒还没有十分熟,不敢给你喝。"

刘玄石说:"即使没有十分熟,便给一杯喝喝总可以吧?"

狄希见他求得殷勤，只得到后面去舀了一杯酒出来给他喝。刘玄石喝了狄希的酒，闭目凝神了半天，然后放下杯子，舔嘴咂舌地说：

"唉，真是好酒呀！——请再给一杯。"

狄希说："算了算了，回去了吧，你简直不知道我这酒酒性的厉害，单这一杯，就可以叫你醉眠一千天。改天等你酒醒了再来喝吧。"

刘玄石心想："你舍不得给也就罢了，拿这些大话来吓我做什么？"口里只得说："请了请了！"闷闷不乐地走回家去。

一回到家，刘玄石便果真醉在床上，醉得人事不知。第二天，他家里人去看他，他已经醉死了。大家也不知道他是怎样醉死的，没法可想，只得照规矩办完丧事，把他埋葬了。

过了大约三年，狄希忽然想到：刘玄石曾经到我这里来要了一杯酒喝，现在想必是该醒来的时候了，理当去看看他才是。于是就动身到刘玄石家，问他家里人：

"刘玄石在家吗？"

刘玄石家里的人一见有人来找玄石，都很惊怪，说：

"刘玄石死了已经三年,早就埋葬了,你还来问他在家不在家!"

狄希听了也很吃惊,说:

"怎么说他死了已经三年,早就把他埋葬了?——不,不,他没有死,你们弄错了。他吃了我的千日酒,该当醉眠千日,现在是醒来的时候了,赶快准备应用的工具,领我到他的坟地上去。"

刘玄石家里人一听这话,都慌忙起来,赶紧带着锄头、凿子之类,引导狄希到刘玄石坟地上去。只见坟上湿漉漉的,近前一看,原来是腾蒸出来的汗气,还夹着些酒味。大家于是七手八足,将坟掘开,露出棺材,连棺材上也是汗珠点点。凿开棺材,刚把棺材盖掀倒在一旁,只见刘玄石打了一声哈欠,睁开眼睛,从棺材里坐起来,伸了伸臂膊,高声赞道:

"好酒啊,好酒!"

一眼看见狄希站在坟头,因笑问:

"你这家伙酿的是什么酒啊,才一杯就把我醉成了这个样子?——好酒!好酒!痛快!痛快!——我今天这个时候才醒来,不知道太阳都多高了?"

坟头上站的人看见刘玄石还在说酒话,都不禁掩口失笑。大家给他的酒气一醺，支持不住，回去也都各自醉眠了三个月。

变羊

京师有一个读书人,性情忠厚老实,娶了一房妻子。这女人很爱她的丈夫,可是非常妒忌,常怕丈夫有外遇,每天只是百般盘查。稍有疑惑,小就是责骂,大就是捶打,弄得丈夫简直不能安生。怕老婆的丈夫,也只好是逆来顺受,不敢和她争辩。

后来女人的疑心病愈来愈重了,只要是丈夫一出门,就疑心他一定在什么地方拈花惹草,和野女人勾搭,常常弄得神魂不定。为了免除这样苦恼,她就拿了一根长绳,拴在丈夫的足上,只许在家里打转,不许出门一步。若是想要呼唤丈夫,只需牵动绳子,顷刻就来,倒是非常方便。

丈夫受了这样的虐待，很是苦恼，便暗地和一个常到家里来走动的巫婆商量，定下一个计策。趁女人睡午觉的时候，丈夫悄悄走到厕所里去，解下足上的绳子，拴在一头山羊的足上，翻过围墙，暂时到朋友家里去躲着。

一会儿，女人午觉醒来，便牵动长绳，呼唤丈夫。那山羊给绳一牵，便咩咩地一直走进女人的卧房。女人见进来的不是丈夫，倒是一头山羊，不禁圆睁着眼睛，万分奇怪。连忙叫人去找了那巫婆来，问她是什么原因。巫婆捣了一阵鬼，然后说道：

"娘子啊，你还不知道，因为你对丈夫太凶狠了，惹得祖先责怪，才叫你丈夫变成一只羊，若是能够痛改前非，还可以祈求祖先饶恕，要是不呀，那就无法可想了。"

女人听了，便抱着山羊的头，痛哭悲号，向巫婆发誓：从此以后一定不再虐待丈夫了，只请求设法把丈夫变还原形。巫婆于是叫全家人斋戒七天，七天当中，通通得躲在屋子里，只留巫婆一人在厅堂上做法事，祝告天地鬼神，让那羊形的丈夫恢复本貌。

七天法事做满了，巫婆暗中将羊藏起，那怕老婆的丈夫也悄悄地从朋友家里溜了回来。女人一见丈夫，悲喜交加，走上前去泪流满面地慰问他说：

"变了这么多天的羊，可不把你辛苦了吗？"

丈夫垂着眼皮回答说："倒也不怎么辛苦。就只是吃了些乱七八糟的草，肚子还有点作痛罢了。"

女人听了越发觉得悲哀，赶紧向丈夫认错，对待丈夫关心怜爱备至。

可是日子稍久，女人故态复萌，又开始妒忌和虐待丈夫了。丈夫忍无可忍，忽然趴在地上，学那山羊咩咩地一叫。女人吓得惊跳起来，光着双足板跑到厅堂去，呼唤着祖先的名字发誓说，她今后再也不敢这样了。从此以后，女人果然痛改前非，不再妒忌和虐待丈夫了。

痴龙

晋朝时候,洛阳附近山上有一个大洞穴,黑漆漆的,深不见底。有一个胆大好事的人,不知道洞底究竟是什么光景,心里常想亲自下去看看。有一回,他打定主意,特地做了一条约有一两百丈长的绳子,把一头来拴在自己的腰上,叫人把他缒下洞去看个究竟。为了在洞里多待些时候,还携带了一篮子饭、几个干粮馍馍。哪知道洞口上绳子都放完了,这人还悬在半空中,上不着天,下不着地,周围是一片漆黑。这人感觉有些害怕了,忙把绳子用劲地摇动着。洞口上的人早已按照预先约好的信号,将这人就悠悠忽忽一直向洞底坠落下去。也不知道坠落了多少时候，最后才轰的一声，跌在洞底。这不幸的好奇者，马上就跌昏过去了。

过了很久，他才慢慢恢复知觉，苏醒过来。一摸周身，倒也还好好儿的，并没有跌伤哪里，也不觉得疼痛。只是肚子却感觉特别饿，四肢也觉得软弱无力。可是在这漆黑的深洞底，又去哪里寻找食物呢？猛想起随身携带的饭篮不知跌落到哪里去了，姑且用手在身子周围摸索着，希望摸到点什么可以吃的东西。摸呀摸的，果然摸到了一个硬邦邦的物件，是饭篮，饭篮里还有一些饭团。这人大喜过望，于是赶紧抓起来放进嘴里，又把落在附近的饭团和食物也都摸索来狼吞虎咽地吃了，精神觉得旺盛一些，力气也渐渐恢复过来，只是还得想办法寻觅生路，否则困在这里也只是个死。

于是又趴在地上摸索着，用手指代替眼睛。摸索了很久，终于在这洞底的近旁，又摸到了一个洞穴。洞穴很小，仅可容一个人匍匐前进。这人就顺着洞穴向前爬去。洞里的道路崎岖不平，爬了不知道有几天几夜，估计至少也爬了有几千里了，这才觉得洞穴逐渐宽敞了些，有了一点微弱的亮光。再哈着腰向前走，终于走出了这条狭长的隧道，到了平坦宽阔的地方。

虽说是平坦宽阔的地方，却仍旧在大洞之中。这人拖着疲乏和饥饿的身子，又向前走。走了大约有百多里路光景，觉得足下所践踏的土地，又细又软，好像尘沙，却发散出一种干米饭的香气。这人肚子早已经饿得发慌了，便弯下身抓了一把放进嘴里咀嚼，那味道果真比干米饭还要好吃。这人索性就坐在地上，抓起尘沙，吃了个饱。又把磨破的衣服撕下一幅来，把这美味的食物，裹做一大包，背在背上，继续往前行走。

也不知道走了多少天，携带的粮食又吃完了，正在惶急的当儿，足底下又踩着一种软泥般的东西，照样发出干米饭的香味。这人又把软泥抓起来尝了尝，滋味也很好，不亚于先前遇到的尘沙。于是软泥又成了这人旅途中的粮食，吃了好多天。直到携带的粮食又都吃完了的时候，这人便来到了一个煊赫的地下都城。

这都城真是壮丽：且不说宫殿庄严威武，就是台榭楼观，也都又高又大，金碧辉煌。虽没有太阳月亮的照耀，可是这些建筑物本身发出的光辉，就比有太阳月亮照耀发出来的光辉还要明亮。都城里住的都是三丈以上的长人，周身长着素白放光的羽毛，恰就像是一件极其珍贵的衣服。在长人的宫廷中，奏着奇妙的音乐，那乐声的美妙，简直就不是世间所有。长人们就随着乐声翩翩起舞。趁着舞蹈间歇的当儿，这人就赶快走上前去，跪在地上，向长人们诉说他的不幸遭遇。

长人们听了他的诉说，互相看了一看，说了几句难懂的话，其中一个长人走出来说：

"跟我来吧。"

这人就随了这个长人朝前走去。走了很久，像这样的地方，一共走了九处：也都是巍峨的宫廷和长人们的音乐、舞蹈。最后来到一处庭院，庭院里有一株大柏树，下面拴了一只山羊。那柏树的粗细，得有二三十个汉子手挽手围绕起来，才能合拢。那山羊也大似水牛。

对着这般奇异的物事，这人却是无心观赏，只觉得肚子又饿得不行了。于是便向长人说明情由，长人便指着柏树说道：

"去捋那山羊的胡须！"

这人也不明究竟，只得听从吩咐，去捋山羊的胡须。山羊的胡须很长，几乎垂到地上。这人半跪在山羊面前，一把一把地捋着。捋不到几把，突然一颗光华灿烂、又圆又大的珍珠就落在掌心里了。长人说：

"拿过来！"

这人不敢违命，恭恭敬敬地把珍珠献给了长人，又去捋山羊的胡须。捋不多久，又是一颗珍珠落在掌心里，比起前面的一颗略小，且光彩稍逊。长人又叫：

"拿过来！"

这颗也奉献给了长人。第三次又去捋，却捋出一颗普通的珍珠，大小、色泽都远逊于前面的两颗。长人说：

"吃了它！"

这人肚子正饿得发慌，一听这话，便不管三七二十一，一口把珍珠吞下肚去。说也奇怪，刚吞下这颗小小的珍珠，马上就觉得精神抖擞，肚子不饿了。

这人便问长人：此处地方是什么地方，叫什么名字？长人只是笑而不答。他又向长人要求：他愿意永远留住在这里，不再回世间去了，长人这才向他说：

"不行啊，国君有旨命，你不能留在这里。回去问张华，你就自然知道这里的一切情况了。"

于是这人就只得按着长人的指示，向一条地洞当中走去。不知道走了多久，终于从地洞里走了出来，重见天日。但这一走，就走到南方交趾的地面，离开洛阳，已经是好几千里了。

后来这人经过许多周折，才又回到故乡，往返花了六七年的时间。有一天,他偶然在洛阳市上遇见博学的张华,就把他经历的奇境一一向张华诉说,并且把他随身带回的剩余的两样物事:尘沙和软泥,也都取出来给张华观看。张华看了看这两样东西,向这人说道:

"这像尘土的,就是黄河下游龙所吐的涎沫;像软泥的,就是昆仑山脚下的泥,两样东西都可以解渴充饥。你所到的九处地方叫'九馆',那些长人都是地仙,叫'九馆大夫'。那头山羊,叫'痴龙'。起初你得到的那颗珠子,吃了可以和天地同寿,长生不死;其次得到的一颗,吃了也可以却病延年;最后得到的一颗,吃了就没有别的奇效,只能充饥罢了。"

这人听了,懊悔没有把最初得到的那颗珍珠吞下肚去,后来转念一想,遭遇了这场大灾难,能够不死,也就算是万幸了,除此而外,还敢有什么痴心妄想呢?这么一想,就心安理得、恬然不以为意了。

壶 公

费长房是东汉时候的人,家住汝南市上,本人在衙门里做小官,从小就喜欢修仙慕道这类事情,只是苦于得不到机会来实现他的愿望。

有一天,从远方来了个须眉皓齿、穿着件道袍的小老头子,担着个药箱,就在汝南市上卖药。他卖的药,言不二价,总是这么向买药的人说:药拿回去吃了,一定要吐出某种物事,吐了之后,某日就可以痊愈。买药的人拿回去一试,果然如他所说,无不见效。因此,渐渐远近知名,生意极好,每天得钱无数。他总是把多余的钱布施给市上的穷人,照例只剩下三五十文钱,作为自己当天的生活费用。

这老人住在市梢头，正当费长房的斜对过，屋梁上挂着一把空壶。黄昏时候，老人收罢生意，就纵身一跳，跳进壶中，谁也不曾看见。只有费长房从楼上看见了老人的这种古怪的行动，心里暗想，老人定非凡人，学道的机会来了。就亲自拿了扫帚，天天去打扫老人药摊子前面的土地，又时常备办了酒食果品，去奉献给老人。老人对于他的这些殷勤，总是泰然受之，连谢都不道一个。日子久了，费长房侍奉老人越发恭敬，不但毫无怨言，而且也不敢有什么要求。

有一天，费长房在老人药摊子前面扫地已毕，正垂手站立一旁，看老人还有没有什么吩咐。只见老人向着费长房微微一笑，用手捻着胡须说：

"你好，你好！——到傍晚无人的时候再来找我吧。"

费长房听了，不禁觉得喜从天降，衙门里的公事也无心去办，只愁这么长的日子怎么消遣。好不容易巴望着到了天黑，费长房赶紧跑去见那老人。老人向费长房说：

"来得恰好，我们找个清净的地方谈谈。"

说时指着屋梁上悬挂的那把空壶："到这里面去谈

吧——你看我先跳进这壶去,然后你也跟着往上跳,自然就能进去。"

费长房心里正在疑惑,只见那老人纵身一跳,早已跳进壶中。费长房只得也随着老人往上一跳,说也奇怪,刹那间就觉得身子轻飘飘的,自己也跳进了壶中。

进去之后,倒又觉得里面别有一番天地,不再是壶了。所见的都是仙宫世界:一层又一层的楼,一重又一重的门,长长的走廊、过道,庭院里生长着美树奇花,飘绕着霭霭的烟云……把眼睛都看花了。最后来到一个大所在,只见老人穿了一身华丽的衣服,端然坐在中央,左右男女侍从有好几十个。费长房向老人敬礼已毕,在旁边坐下。老人面色温和地对他说:

"你且不要惊怪,我本来是仙人,只因为在天庭里懈怠了公事,天帝恼怒,暂时把我贬谪到人间来。我看你为人诚实,可以教诲,所以叫你到这里来相会。"

费长房赶紧离开座位,倒身下拜,说:

"弟子是凡间俗人,罪恶很重,多亏仙师指引,使我这行尸走肉的身躯,仿佛又得了新的生命。从此以后,一定要跟着仙师专心学道——但不知道仙师高姓大名?在天庭官居何职?"

老人微笑说："这都不必细问，我既然住在壶里，你就叫我壶公好了。你的资质还不错，我以后自然会慢慢指点你，只是千万别说出去。"

于是摆开筵宴，都是些仙家的美味，款待了费长房一番。到第二天，两人又一同从壶中跳了出来。

从此以后，费长房只要一有空暇，就跟随着壶公，不离左右。壶公也时常把一些容易学的小道法教给费长房，这样过了好久。

有一天，壶公忽然亲自跑来拜访费长房，费长房迎接他到楼上坐下。壶公向费长房说：

"我带了少许酒来，放在楼下桌上，且和你小饮几杯。"

费长房就叫一个小厮下楼去取那酒，小厮去了半天，红涨着脸上楼来说：

"拿不动。"

费长房只以为是一大坛酒，就亲自带着小厮下楼去看。哪知道楼下别无所见，只有一个拳头大小的酒壶放在桌子上，小厮指着酒壶说：

"这就是。"

费长房伸手去提那酒壶，果然很沉重，提不动；两只手去抱，抱不起；又叫小厮来两人共抱，也休想动得它半分。费长房知道这一定又是仙家的妙法，只是不好意思在师傅面前丢这脸，叫师傅笑话说连这把小酒壶都拿不上楼。便叫小厮到街上去叫来了七八个彪形大汉，准备了索子、杠子，杠抬那桌子上的小酒壶。一行人在楼底下吵得啊吆连天，那小酒壶只是纹风不动，竟像生根在桌子上了似的，汉子们都揩着脖子上的汗水说：

"挣不了你这钱。"

这时，只见壶公缓缓地从楼上走下来，笑着说：

"一把酒壶哪里值得费这么大事？"

说着用一根手指头轻轻提起那壶，径上楼去，看得众人都眼睁睁地，摇头吐舌，不知道这老者怎能有这么大的神通。

壶公到了楼上，便从小酒壶里倒出酒来，和费长房同喝，一杯又一杯，直喝到晚上，小酒壶里酒还是源源不绝。喝酒中间，壶公向费长房说："我看你道法还很不高明，还须好好学习，我不久就要离开这里，到深山修道去了，你能跟随我一道去吗？"

费长房说："我有想跟随师傅入山修道的心，真是有说不出的坚决，只是想走得家里人不知不觉，以免他们日后挂念,不知道可有什么好的办法?"

壶公说:"这事容易极了,改天你来,我给你一件东西。"

过了两天,费长房去找壶公,壶公取出一根青竹棍给他说:

"你把这竹棍带回家去,便可以假装生病,在床上躺个三五天,然后把竹棍放在你睡觉的地方,悄悄离开家,到我这里来,就什么都不用担心了。"

费长房依计而行,几天以后,抽身来见壶公。壶公说:

"我们就走吧。"

便从屋梁上取下空壶,放在药箱里,一手牵挽了费长房的衣袖,飘飘忽忽,直向那深山穷谷走去。

费长房家里人自从他生病在床,就留心侍奉汤药,哪知道有天早晨推开房门一看,只见他已经直挺挺地死在床上了。千呼万唤,却只是回生无望。只好哭泣着把他埋葬了。却不知道埋葬的只是一根青竹棍,青竹棍化作了费长房的尸身,断绝了家里人对他的想念。

却说壶公带了费长房,一直来到一座杳无人烟的大山里,也不知道这座山叫什么名字,只见层峦叠翠,猿啼鸟鸣,环境十分清幽。壶公把费长房领到一座山崖上,叫他就在这崖边潜心打坐,无论见了什么物事,都不能移动分毫。说完顾自去了。费长房谨遵师命,静静地打坐在崖边。正坐没有多久,耳边忽然听得一阵风响,风声过处,从林子里跳出一只吊睛白额黄斑大老虎,吼叫着,张牙舞爪,直向费长房扑来。费长房虽然镇静,也不由吓得一根根汗毛直立,脊梁上透出了一身冷汗。但想起师傅的嘱咐,怕是师傅变化了老虎来试道心的,便只是眼睛瞧着自己的鼻梁,不敢移动分毫。后来渐渐觉得周围的老虎愈来愈多了,只在眼角边晃过去晃过来,像是来会餐似的;兼之听见那震耳欲聋的钝锯子般的吼叫声,看见那血盆似的大口和那雪亮亮的锋利的牙齿的闪动,更是不由有些胆怯心虚。可是一想到学道的艰难,也就把生死置之度外,只是专心静坐。老虎吼叫了一会儿,后来渐渐就没有动静了。只觉得肩头上有人这么一拍,回头一看,原来是壶公,站在他的面前,笑嘻嘻地对他说:

"好的!好的!有点慧根了。明天再看吧。"

到了第二天,壶公又领他来到一座崖洞中。洞顶有一块大方石头,差不多有一间小屋子那么大。却用一根茅草编的绳子拴起来，悬挂在那上面。壶公又叫他在这块石头下面打坐，说无论看见什么东西和听见什么响动，都不可以离开。吩咐完毕就自去了。费长房提心吊胆地坐在大石头下面，眼观鼻，鼻观心，真是不敢丝毫动弹。后来忽然看见从青草丛中窜出几条蛇弯弯扭扭一直爬上崖壁，到崖壁顶上去咬那茅草绳子，绳子被咬得咋咋地直响，大石头在脑门顶上摇摇晃动。这时候费长房只觉得咽喉哽咽，唾液都不知道流向哪里去了。心想若是咔嚓一声，绳子断了，大石头压下来，那就只有压作一张圆圆的肉饼了事了。但又转念一想：管他呢，学道本来艰难，家里人都以为我死了，现在即使真个死去，也不会更增加他们的悲痛。想着，对于生死，便无介于怀了。蛇也知趣，咬了一会儿，渐渐也就没有动静了。后来仍然是师傅在他的肩头上一拍，笑嘻嘻地说：

"好的，好的，有道心！可以教诲了。再看看明天又是怎样。"

第二天，费长房心里暗想："不知道还有什么可怕的东西在等着我呢，可是两天我都顶过去了，今天我还怕什么！"不料壶公却领他来到一座粪坑的旁边，给了他把木勺子，说：

"你把这里面的东西舀几勺来吃下去吧，这很简单，不像你想象的可怕。"

师傅像猜透了他的心事似的。是呀，这的确简单，看起来也并不可怕。可是当他拿着木勺子，把那粪坑里的粪舀了一勺子起来，刚放到嘴边，只见那寸多长的蛆，在勺子里乱翻乱拱，搅起一阵阵难闻的奇臭，忽然他喉咙里哇的一声，倒把隔夜的饭菜都呕吐了出来。他丢了勺子，皱着眉头说：

"师傅，我实在吃不下去。"

壶公于是叹了口气，说：

"算了吧，看来你是没有当神仙的福分了。但你既然通过两桩考试，还是可以在人间享受些清福，有几百年的长寿。"

费长房听说能在人间活上几百年，倒也心满意足，不一定想当神仙了，只是愁着一时回不了家。

壶公说："不要紧。"便又给了他一根青竹棍，说："骑上这竹棍，你就可以回家了。"

于是壶公便传授给费长房一些驱神役鬼的道法，又教给他一些治病消灾的本领。费长房就辞别壶公，骑上竹棍，恍恍惚惚，不知不觉就回到了家里。家里人一见费长房，大吃一惊，都说是鬼。费长房就把以前如何设计离家的情节细说了一番，家里人还不相信，便同到坟地去打开棺材一看，果然棺材里哪有什么死人的尸首，只是一根青竹棍罢了，家里人这才相信了。从此以后，费长房就替人驱鬼看病过日子，倒也利人利己，自由自在，强如在衙门里做那欺压人民的小官。

至于费长房当坐骑骑回家的那一根青竹棍，骑回不久，觉得无用，就把它顺手一丢，丢在屋后葛麻坡上。那竹棍一到野地里，登时就变作了一条青龙，宛转腾跃，直向天空飞去，顷刻就杳无踪影了。

紫　玉

吴王夫差有个小女儿，名叫紫玉，年纪刚刚十八岁，长得才貌双全。当时吴国有个叫做韩重的少年，比紫玉大一岁，学问和才干也很出众。紫玉很喜欢他，答应给他做妻子。两人私下里互相往来，已经有好些时候。后来韩重出门到外国去求学，临走时，请求他的爹妈在他走后去向吴王求婚。爹妈爱儿子心切，果然就在儿子走后不久，壮着胆子去向吴王求婚。吴王不愿把爱女下嫁给普通百姓，一怒之下，竟将夫妻俩赶逐出宫。紫玉在后宫听说两老求婚失败，一时愤懑忧郁，气往上涌，堵在喉间，出来不得，登时手足冰冷，往后一倒，就死去了。

光阴荏苒,三年过去,韩重在外求学回来,一到家就问他的爹妈,求婚的事情怎样。爹妈向他说:

"孩子,告诉你不得:你走后我们俩去替你求亲,吴王不但不应允亲事,反将我们俩赶逐出宫。他的女儿为了这事,已经气死,现在听说埋葬在阊阖门外。"

韩重一听这不幸的消息,哭得死去活来。经二老劝慰,渐渐收了眼泪。无法可想,只得准备了些酒果供品,第二天一早,便到紫玉的坟前去祭吊她的阴灵。

祭吊已毕,正倚坐在墓碑旁凝想,忽然看见紫玉的形躯,从坟墓中冉冉走出,向韩重说:

"自从你走以后,叫你双亲前来向爹爹求婚,只说这一来定能达成你我的愿望,不料竟遭到这样悲惨的下场!"

韩重一见紫玉从坟墓中走出,悲喜交集,忙去握着她的手说:

"是啊,我们正是这样的不幸啊!"

紫玉于是望着天上的白云,伸着颈脖歌唱着——

南山有只飞鸟,

北山张下网罗;
有心跟你远走,
闲话总是太多。

悲哀结成愁肠,
一病便到泉壤;
命里既然多艰,
还管冤不冤枉?

羽族中的首长,
名字叫做凤凰,
一旦雌丢了雄,
三年她都感伤;
虽有百鸟朝凤,
坚贞不愿成双。

可怜天假其便,
你我相遇坟场;
纵使身隔千里,
心儿也在君旁,

梦魂一天九转,

何尝暂把你忘!

歌毕,便伏在韩重的肩头,抽抽搭搭地哭泣起来。韩重劝慰了很久,紫玉才收了泪,便邀约他到她居住的地方去。

韩重心里有些害怕,说:"你我既然生死异路,我怎么能到你住的地方去呢?——恐怕是有些不方便吧?"说时脸上露出为难的神色。

紫玉说:"生死异路,我也还是知道,但是你我会面很难,从此一别,恐怕永远也没有再见面的时候了;你也许因为我是鬼,怕我害你吗?——不,你放心,我只会使你得到幸福,永远也不会害你的。"

韩重感念她情义这么深厚,说话这么诚恳,便打消了惧怕和疑虑,忙牵挽着她的手,送她回坟墓去。刚走到坟墓前面,坟墓的门便自然打开。起初还觉得黑暗幽邃,沿着阶梯走下去,渐渐地,便出现了灯火,及至走到一间大厅,那里面更是灯火辉煌,金碧耀眼。侍女们早已排开了筵宴,韩重就留下来在那里饮宴了三天三夜,和紫玉成为了夫妇。临别时,紫玉取出一颗直径差

不多有一寸的明珠送给韩重,说:

"我爹爹真是太专横了,既毁坏了我的名誉,又断绝了我的愿望,还有什么可说的呢?希望你好好珍重!若是有机会到我家去,顺便代我问候爹爹,我爹爹若还有爱女儿的心,你我将来还能再见,否则就无望了。"

韩重一听这话,知道紫玉的用意,心里欢喜,便带着明珠,连家也不回,径去谒见吴王,把在坟墓中和紫玉相会的话向吴王诉说了一番,并且呈上明珠请求检验。

吴王勉强抑住愤怒,问:"如今你来见我,究竟打算怎样?"

韩重说:"我想请求大王从速打开坟墓,恩赐我和令爱结为夫妇。"

吴王听了大怒说:"我的女儿死了已久,你竟胆敢跑到这里来胡说八道,污蔑我死去女儿的清白名声。至于你拿来作为证据的这颗明珠,不过是你私下打开坟墓,偷盗出来的罢了,又何足为凭!"

说罢就叫人把韩重带下去,监禁起来,准备从严治他的罪。

韩重趁着守监人一时疏忽,逃跑出来,到紫玉坟墓前去哭诉。紫玉从坟墓里走出来，安慰他说：

"不要担忧，我马上就回去向父王说明，他就不会再追究你了，可是我两人的情缘也就从此尽了。你去吧。"

紫玉梳妆穿戴齐整，就回宫去见了吴王。吴王见女儿回宫，不免有些惊诧，就问她：

"咦，你为什么竟又活转了来？"

紫玉答道："爹爹，你女儿并没有复活。女儿今天回家，只是向爹爹求一件事。"

吴王说："什么事？快说。"

紫玉说："从前少年韩重为了女儿来向爹爹求婚，未蒙爹爹允许，女儿一时情痴，丢了性命。韩重从远道回来，听说女儿已死，备办了酒果祭品前来祭吊，女儿感念他用情专一，便在坟园和他相见，临别更把口里明珠一颗赠送给他。如今爹爹既不愿为女儿打开坟墓，恩赐我二人成为夫妇，就请爹爹宽宥韩重的罪，不要再追究了吧。"

正说时，夫人听见女儿说话的声音，从后宫走了出来，抱着女儿，放声痛哭。哭着渐觉女儿身子轻飘，最终化作一缕淡紫的烟霭，上升空际，转瞬就消逝得无影无踪了。这时夫妇两人,才真正感觉伤怀,泪眼看着泪眼,相对哭泣了很久。吴王急命人去打开女儿的坟墓一看,因明珠取出为时过久,棺木中的尸身已经腐坏。吴王从此只有在心底深深忏悔,当真放过了韩重,没有再去追究了。

上天台

汉明帝永平五年，剡县人刘晨和阮肇，同到天台山去采寻药物。因为入山太深，迷失了道路，回来不了。东奔西窜，经过了整整十三天，带在身边的粮食早已经吃尽了，只得有时寻些野果，有时摘些树果，权当食物充饥。可是这些苦涩干瘪的东西，实在不能多吃，吃下去也止不住肚子里的饥火。两人一直是又饥饿，又疲乏，勉强在崎岖的山路上磨蹭着。

正在困苦不堪的当儿，忽然看见对面山崖上，有一棵大桃树，结了累累的桃实，红亮亮的，鲜明耀眼。两人一见那绝妙的天然食品，登时精神振作起来。可是那座山崖，又高又陡，下面又临着一条深涧，要爬上去，很不容易呢。两人也不管有这些困难，便直向那山崖奔去，先浮过深涧，再彼此相帮，攀藤附葛，终于爬上了山崖，于是把那大红桃子从树上摘取二三十个下来，美美地吃它个饱。吃完山桃，两人顿觉饥体充盈，精神健旺。便又相帮着爬下山崖，到那溪涧旁边，取出怀里杯子，舀水漱口。

正要动手舀水时，忽然看见一些新鲜的芜菁叶顺水从山洞里流出，随后又流出了一只杯子，里面盛着胡麻小米饭，还微微有些热气。两人就把这杯子捞取过来，把里面的胡麻饭分来吃了，商量道：

"既然从这洞里流出芜菁叶，又流出胡麻饭，饭也还有些热气，想来这里去人家不很远，我们不如去看看，或者能够找到一条出山的路径，也未可知。"

于是，两人就跳进涧里逆流向上游浮去，穿过幽暗的山洞，大约浮游了两三里路光景，便到了山的那边。山那边是一条大溪，溪边站着两个女郎，体态和风度都很不错，看见他们两人手里拿着杯子从山洞里浮游出来，都喜欢地拍手说：

"好了好了，刘郎、阮郎替我们把先前丢掉的杯子带回来了。"

刘阮两人一听女郎们这么呼唤,不禁暗中诧异:从来没有见过面,为什么她们竟会知道自己的姓名?仔细一回想,仿佛又觉得曾经在哪里会过面,好生熟悉。这时两人心里,都感觉有一种说不出的欢喜,便从水里跳上岸来,和女郎们相见。女郎们只是娇嗔地小声责怪他们说:

"为什么来得这样晚呢?"

他们也都茫然自失,觉得真是来晚了一些。于是四个人便成双作对,手挽着手,向着女郎们的家走去。女郎们的住家在万山群中,前后左右都是一片桃林。当中一所大屋,屋顶上盖着铜瓦。一进房门,只见南壁和东壁下各安放有一张大床,床上挂着绛色罗帐,四角悬着小金铃铛,雕花的栏杆,金银交错。床前各站着十几个穿着彩绣衣衫的丫环。两个女郎一进门就吩咐:

"刘阮二位郎君远道而来,路上很辛苦了,先前虽是吃了点山桃,身体还是很虚弱,你们赶快去做饭来吃。"

丫环们一听这话,七手八足,忙乱了一会儿,于是一盘盘地端出了胡麻饭、山羊脯、牛肉等来,都是山家风味，两人吃着，觉得滋味很是甘美。

饭后，又请喝酒。正喝着，只见一群女郎，嘻嘻哈哈地从外面走进来，各人手里拿了三五个桃子，笑向两个女郎说："给你们新姑爷道喜来！"说着便都坐下来在一块儿喝酒，刘阮两人吃了许多敬酒和罚酒，吃得精神都有些恍惚了。只见众女郎纷纷站起身来，或奏乐器，或唱歌，或跳舞，一屋子鬓影衣香，使他们好像置身在女儿国中；心里迷迷糊糊的，又是欢喜，又是惊怕。

这样一直闹到天晚，女郎们渐渐散去了。丫头们掌灯上来，就叫他们各在一张床上歇宿。一会儿，溪边相遇的两个女郎也都卸了妆悄悄进来，就在两人的床上安寝。中夜听他们谈话，声音清脆甜蜜，叫人把山洞迷路的忧愁都忘记得干干净净的了。

住了十多天，两人就要回去，女郎们向他们说："你们既然来到了这里，也是天缘巧合，为什么又想回去呢？"两人却不过她们的盛情，便打消回家的念头，又住了半年。只见山间气候又是春天的光景，桃枝上吐出嫩绿的新芽，林中百鸟婉转啼鸣。想到多时不见的故乡，两人愈是悲愁，要求回去的心也愈是迫切。女郎们知道不能再挽留，只得叹口气说：

"要回去就回去吧,若是不然,开罪了你们两位,可怎么是好呢!"

于是就去呼唤了先前来贺喜的女郎们共有三四十人,同来给刘阮两人送行。大家又相聚在一块玩了半天,又是饮宴,又是音乐。然后由众女郎伴送了他们一程,又由两个女郎单独送了他们一程。送到三岔路口,女郎们指示了他们一条出山的路,这才互道珍重,依依不舍地流泪分别了。

两人依照女郎们的指示,循路出了山口,来到山外。却只见山外的光景,有了好些变异:城郭人民,都不同于他们上山以前了。不但老家没有寻找到,就是亲戚故旧,也没有一个人还活在世间。访问了很久,才问到两三个老人,已是他们第七世孙。自说先辈中是有刘晨和阮肇这两个人,曾经到山里采药,大概迷失了道路,一去就没有回来,离开现在已是两百多年,朝代都改换了两三个了。刘阮两人一听这话,不禁感慨万分。两人在故乡住了一些时候,自觉没有什么意趣,到晋孝武帝太元八年,两人又忽然一道出走,不知去向。从此就再没有回来过了。

义犬

一

　　三国时候,东吴襄阳纪南人李信纯,家里养了一只狗,名叫"黑龙",李信纯非常爱它,即使出门在外,总要把这狗带在身边,寸步不离。凡有什么饮食,不论好歹,也都要分给它:对待它真像是自己的亲儿子一般。

　　有一天,李信纯带着狗到城外去看亲戚,一时高兴,不觉饮酒过量,竟自吃得沉沉大醉。回来走在半路,再也支持不住了,就倒卧在路旁草地上,呼呼睡去。那时正遇着太守郑瑕出来打猎,见山草长得很深,野兽躲在草里，不易发现，就叫人纵火把山草烧去。李信纯睡觉的地方恰当顺风，风助火势，愈烧愈猛，眼见就要烧到身边来了。狗见大火烧来，万分着急，赶紧拿嘴去拖主人的衣服，哪知道醉卧的人，睡得很死，任你怎么拖拉也还是不知不觉。狗急得唔唔汪汪，哀声直叫，可是在这荒郊旷野，谁来理会？狗只得伸长颈子，睁圆眼睛，四下张望。忽然看见距离这里大约三五十步，有一条小溪，波光闪闪。狗就发狂似地奔向小溪，跳进水去把周身打湿，然后又奔跑回来，在主人身边就地翻滚，把草沾湿；然后又飞跑转去，再弄湿了身子回来。这样往返奔跑了好几十遭，主人身子周围的草都被它浸润湿透了。火烧到这里，再也无法逞威，只好自行熄灭，李信纯一条性命才得保全。可是这狗因为往返奔跑，劳累极了，又遇着烟和火的醺呛，筋疲力尽，竟倒下来死在主人的身旁。

等到李信纯酒醉过了，一觉醒来，看见他的爱犬卧在他的身旁，浑身毛湿，一动不动，推搡了几下，原来已经死去了。再一看周围，除身子睡的一带还剩下一些润湿的草以外，其余的都被火烧成了焦黑的一片。李信纯马上明白了这是怎么一回事，不禁心里酸痛，随即大放悲声,伏在他忠勇的爱犬身上痛哭。

他的哭声终于传到了打猎的太守的耳朵里,太守便叫人去问他为什么在那里守着一条狗哀号痛哭。当他把这件事向太守说明以后,太守也忍不住为这狗的牺牲感慨叹息。于是马上叫人替这狗备办了衣食棺椁,把它埋葬在那里,并且修造了一座十来丈高的坟,叫"义犬冢"。

二

晋元帝大兴年间,吴郡有一个叫华隆的船夫,养了一只快狗,名叫"的尾",常把它带在身边跟随着。

有一天,华隆到江边去砍芦苇,忽地从芦苇中窜出一条大蛇,把华隆盘绕起来。狗见主人受害,便奋不顾身地去咬那大蛇,大蛇给狗咬死了,可是华隆因为给蛇紧紧盘绕住,受惊过度,又兼气闭,也昏厥过去,人事不知。狗在江边彷徨哀鸣,无计可施。后来它终于暂时舍弃了主人,急急忙忙跑回船上。一到船上,嗥叫几声,又跳到岸边草地上去嗥叫。这样一来一往,反复了几遭,船上的伙计们都看得奇怪起来。内中有个人说:"咦,莫不是华隆遭了什么祸事?"三五个人就互相邀约着,跟随了狗去看个究竟。

到了华隆遇害的地方,众人一看,都大吃一惊。忙把死蛇从他身上解除下来,扛抬了回去,用姜汤灌治。很久很久,华隆才苏醒过来。当华隆还昏迷不醒时,这狗就只是呜呜哀叫,什么东西也不肯吃,直到华隆苏醒过来,这狗才肯吃东西。从此以后,华隆更加爱这狗了!就好像自己的同胞手足一般。

熊洞

古时候有一个人，很喜欢打猎。有一天，这人又背了弓箭到山上去打猎。忽然发现一只梅花鹿在溪边喝水，这人隐身在林薮中，连忙弯弓搭箭，一箭向梅花鹿射去，正中梅花鹿的腿胯。梅花鹿带箭负伤逃跑，这人在后面紧追不舍。正追赶得起劲时，忽然一脚踩空，身子朝下坠，落进了一个黑黝黝的洞里。这洞大且深，幸亏洞底铺着些软草，身体未受伤害。

起初掉进洞里，但觉一团漆黑，后来习惯了，才渐渐觉得有些光亮，能够大略辨认周围的物事，定睛仔细一看，却看见几只毛茸茸的小黑熊，眼睛绿闪闪，像萤火虫的光,正在洞里扑跳玩耍。这人看了,不由倒抽一口冷气,心想如今掉进熊洞里来了,怎么是好?若是大熊回来,这条性命就算完了。赶紧想法往上爬,可是洞壁又陡又滑,费尽力气,只落得出了一身臭汗,却怎么也爬不上去。

正在束手无策、万分焦急的当儿,忽然从洞口外面"扑"的一声,落下一团黑而庞大的物事,原来是母熊从外面寻找食物回来了,嘴里吐出几个果子,颈脖下和腋窝下也各倾出几个果子。小熊们见母熊回来,都一窝蜂似的跑过去亲热母熊,却没有一个敢动地上的果子。这人正蹲伏在熊洞的一角,身子紧靠着洞壁,心里七上八下,忽然看见母熊掉过头来,一对小灯笼似的绿霞霞的眼光一闪,正和他的眼光相遇,吓得他不由自主地打了一个寒噤,身子索索地颤抖起来。母熊发现了洞里的陌生人,便低沉地号叫着,用那凶狠狠的眼睛一直把他瞪看着。这人发抖了一阵,心想既然到了这种境地,今番必是只有死没有活的了,便也不像先前那么惧怕了,索性闭上眼睛,一切听其自然。

可是过了一会儿,却也没有什么动静,这人把眼睛微微睁开,偷觑了一下,只见那母熊仍然蹲在那里瞪看着自己,只是目光没有先前那么凶暴了。看光景,这畜生似乎在想着什么心事。又见它看了看它的孩子们,又望望洞口,然后把眼光掉过来,仍旧盯在自己的身上。似乎它已经明白他之所以进洞,乃是遭了不幸,并不是出于本愿,因而对他就打消了伤害的念头。后来它就自顾自地去照看它的孩子们,没有再理会他了。

这人虽然暂时得了活命,可还是提心吊胆,暗中偷看着那生毛畜生的一举一动。只见它把从外面带回的果子,三四个一堆,这么分作了两三堆,还不够,又从干草堆里刨出几个贮藏的果子来,也分作了这么两三堆,然后,它把果子一堆一堆地分配给它的几只小熊。小熊们都乖乖地接受下来,并不嫌多论少,各自抱着一堆果子啃嚼起来。分到末了,还剩下一堆,母熊用温柔怜悯的眼光看着蹲坐在洞角的他,看了一会儿,便决然地把这堆果子用它肥大的爪子推到他的面前,并且在鼻孔里轻轻地鸣了几声,好像说:

"请吃吧——不要客气,请吧。"

这人见果子骨碌碌地滚过来,心里好生诧异:平生虽然也见过不少的怪事,但野兽请客这宗怪事却还没有见过,不知道它究竟是什么用意。起初还不敢贸然伸手去拾起来吃，可是肚子饿了大半天，现在饿得咕咕直响，口又渴，实在敌不过这种可口食物的诱惑了，便再也顾不得许多，冒险去拿了果子，放在嘴里便嚼。这种山果，在肚子饿的人看来，滋味实在又甜又香。这人把几个果子几乎连果核都嚼来吃尽了，身体和精神登时感觉非常爽快。

吃了果子，母熊躺在地上假寐，小熊们便在母熊身边跳跃、玩耍。后来渐渐走到这人的身边，这人便伸手去拍拍小熊们，又从口袋里掏出点剩余的干粮来分给小熊们吃。小熊们慢慢和他玩得熟了。那母熊也和善地躺在那里微微睁着眼睛看他们玩耍，并不生气。

这人既然不能出洞，从此就住在熊洞里，和大熊、小熊都搞得很熟了。那母熊每天跳出洞去，寻找了食物回来，除了分给它的孩子们以外，总还是得给这人分配一份，习以为常。这人在熊洞里没事可做，就替母熊照管照管孩子，打扫一下洞里的清洁，帮助母熊把多余的果子和食物埋藏起来。总之一句话：他几乎也成了这熊家庭里的一员。

光阴一天天地过去，几只小熊渐渐长大，熊洞里眼看着快容纳不下了。一天早上，人和熊一觉醒来，母熊也不出洞去寻找食物,只望了望洞外的天色,便把贮藏的食物刨出来,分配给大家都吃了。然后背上一只小熊,一跃出洞。在洞口外面把小熊安顿好了,又折身跳进洞来,再背了第二只出去。这么往返了几次,几只小熊都给它背出了洞去。

当母熊背小熊出洞的时候,这人在洞里就有些着慌,心想这一家人必定是乔迁他处了,丢下自己在这陷阱里,仍旧是死路一条。但急切间却又不知道怎样向这生毛的畜生表示自己的心愿,正在乱慌慌发急的时候,只见那母熊,把它最后一个孩子背出洞没多久,又转身跳进洞来,蹲伏在这人的身旁。这人懂得母熊的好意,就大着胆子爬上母熊的背,两手紧紧抱住母熊的脖子。母熊哈起腰来,纵身向上一跳,只听得呼呼一阵风响,就跳出了这个黑而深的崖洞,见到了他长久没有见到的洞外的天日。

这人终于依依不舍的和大熊小熊作别,下山回家去。从此以后,他才深深地感到:动物的仁爱心肠,有时还超过人类,就把打猎寻开心这件无意义的玩意儿抛丢开去,不再干了。

蚁报恩

三国时候,吴国富阳县有一个小商贩,名叫董昭之,有一次坐船过钱塘江,到江那边去做生意。

船渡到江心,董昭之偶然看见从上游顺水流下来一叶短短的芦苇,芦苇上爬了一只大黑蚂蚁,沿着芦苇慌慌张张地走,走到尽头又折转身来。只见它颤动着触须,挥舞着腿足,样子似乎很惶恐。董昭之心里想:"这小东西原来也怕死呢!"不由得起了怜悯之心。顺手从水里捞了芦苇起来,打算把蚂蚁放在船上。哪知道船上的人见他这种举动,都大惊小怪,骂他:

"谁叫你把螫人的东西弄上船来?若是不赶紧甩出

去，我们就踩死它！"

董昭之知道众怒难犯，只得拿一条绳子拴了芦苇，仍把芦苇放在水里，绳子却系在船边。芦苇随着船走，船靠岸，蚂蚁也就得救了。

那天晚上，董昭之做了一个异梦，梦见一个王者打扮、头戴紫金冠、身穿黑罗袍、气度不凡的人，身后跟随了侍卫、仆从约有百多人，前来向董昭之致谢，说：

"我是蚂蚁中的王，那天在江边游玩，不小心掉下水去，幸亏你把我救活。你的大恩，我必报答。今后但有什么危难，只消告诉一声，我马上就来救你。"

正这么说时梦就醒了，董昭之回想梦境，觉得很是奇怪。起初还常常想念这个怪梦，后来日子渐久，也就慢慢淡忘，不以为意。

十多年以后，董昭之居住的地方，发生一件很大的盗窃案，当地政府抓住了一批强盗。仇家拿钱买通强盗，诬蔑董昭之是窝家。衙门里也受了贿赂，于是那些横暴的官吏，也不由分说，马上派了些如狼似虎的衙役捕快，去把董昭之抓了起来，铁索郎当，下在余杭县的大狱里。

董昭之在监狱里受苦不过，忽然想到蚁王给他托的梦，说遇着危难可以告诉他，但是蚁王究竟住在哪里？又向什么地方去告诉他呢？这却是无计可施的事。

想着想着嘴里不免就喃喃地自言自语起来，他身旁一个囚犯见他这般模样，觉得诧异，便问他在嘀咕些什么。董昭之是个老实人，就把早前搭救蚁王和蚁王托梦的事原原本本地告诉了那囚犯。那囚犯半开玩笑地向董昭之说：

"果真如此，那也很容易呀，你只消在地上随便捉两三只蚂蚁来放在掌心里，把你的苦衷告诉它们，它们就会去向那蚁王报信，蚁王听了信息，自然马上就会发兵来搭救你的。"

董昭之一听这话，很有道理。便果然从地上捉来两三只蚂蚁，放在掌心里，向着它们咿咿唔唔地诉苦了一番，然后把蚂蚁仍旧放在地上，听其自去。

哪知道蚂蚁去了半晌，并没有一点儿动静，直等到天晚，还是一点儿动静都没有。同监的囚犯都笑董昭之，董昭之也自觉做了一件傻事，脸上很不光彩，闷闷沉沉，不觉就睡去了。

迷迷糊糊中，恍惚又见十年前来过的那个身穿黑罗袍、王者打扮的人，带领着许多随从，来到他的跟前，向他说道：

"我如今来报答你的大恩,把你从监里释放出去。你出去,可到江那边余杭山里暂时躲藏着。如今天下大乱,民不聊生,罪犯很多,受冤枉的也不少,不久国君就要大赦天下,那时你再出来,就平安无事了。"

说时把董昭之一推,董昭之惊醒过来,才是一梦。只见斜月从铁窗外射进牢房,牢房里囚犯们都横七竖八地躺在地上,响亮地打着鼾声。再一看他本人身上戴的足镣手铐,都被无数大黑蚂蚁咬断,蚂蚁们正在纷纷散去。

董昭之得到了自由,大喜过望,就赶紧想法逃出监狱。出狱后依照蚁王梦中嘱咐,渡过江,跑到余杭山里去躲藏着。躲藏了些时候,后来果然遇到大赦,仍旧回到家里,经营商业,终其天年。

篇目出处

篇名	出处
金鸡	《述异记》
眉间尺	《楚王铸剑记》
左慈	《搜神记》
寄女	《搜神记》
张华和狐狸	《搜神记》
定伯卖鬼	《列异传》
老龟	《异苑》
仙谷	《博物志》
山猓	《述异记》

鹅笼书生	《续齐谐记》
新鬼	《幽明录》
石人医病	《抱朴子》
千日酒	《搜神记》
变羊	《妒记》
痴龙	《幽明录》
壶公	《神仙传》
紫玉	《录异传》
上天台	《幽明录》
义犬（二则）	《搜神后记》
熊洞	《搜神后记》
蚁报恩	《齐谐记》

补录

海神

《山海经·大荒东经》云:"禺京处北海,禺䝞处东海,是为海神。"此海神一名之始。唐李白《横江词》诗:"海神来过恶风回,浪打天门石壁开。"清屈大均《广东新语》卷六云:"溟海吞吐百粤,崩波鼓舞百十丈,状若雪山。尝有海神临海而射,故海浪高者既下,下者乃复高,不为民害。父老云,凡渡海……风波不起,岛屿晴明,忽见朱旗绛节,骖驾双螭,海女人鱼,先后导从,是海神游也。"此即为海神之状写。

天河

亦称"银河"、"明河"。晋张华《博物志·杂说》:"旧说云,天河与海通。近世有人居海渚者,年年八月有浮槎,去来不失期。人有奇志,立飞阁于槎上,多赍粮,乘槎而去。十余日中,犹观星月日辰,自后芒芒忽忽,亦不觉昼夜。去十余日,奄至一处,有城郭状,屋舍甚严,遥望宫中多织妇。见一丈夫,牵牛渚次饮之。牵牛人乃惊问曰:'何由至此?'此人具说来意,并问此是何处。答曰:'君还至蜀郡,访严君平则知之。'竟不上岸,因还如期。后至蜀问君平,曰:'某年月日有客星犯牵牛宿。'计年月,正是此人到天河时也。"

天女

①天帝之女。《山海经·大荒北经》:"黄帝乃下天女曰魃。"唐道世《法苑珠林》卷六二引刘向《孝子传》:"(女)出门谓(董)永曰:'我天女也,天令我助子偿债耳。'语毕,忽然不知所在。"《敦煌变文集·搜神记》:"新妇身是天女,当来之时,身缘幼小,阿耶与女造天衣,乘空而来。"参见"黄帝女魃"(《中国神话传说词典》,288页)。

②星名。《晋书·天文志》:"织女三星在天纪东端,天女也。"参见"织女"(《中国神话传说词典》,213页)。

③燕。《瑯嬛记》卷上引《采兰杂志》:"昔有燕飞入人家,化为一小女子,长仅三寸,自言天女,能先知吉凶。故至今名燕为天女。"

后记

前年，我在改写《中国古代神话》的时候，涉及一些我国古代的民间传说。有些传说，如蚕马、盘瓠、牛郎织女、李冰治水……已经写进改写的《中国古代神话》里，在商务印书馆出版了。但还有好些较后起也较有趣的古代民间传说，无法写进《中国古代神话》中，常常感觉抱歉。

本来在这以前，我已有心将这些传说搜集起来，加以整理、编写，集成一个小册子，两三年来因为种种缘故，竟未如愿。直到去年初秋，才在忙中偷暇，写出了这二十多篇，算是聊偿宿愿。

这二十多篇，大抵取材于魏晋人作的笔记小说，一小部分是译述，大部分则是撰写。由于魏晋文字比较简古，每篇小说，短的不过一两百字，长的也不过几百字，所以我在根据原作，或译述或撰写时，所作艺术加工都比较大，如其中《博物志》的"仙谷"、《搜神后记》的"熊洞"……扩充篇幅都在原作的十倍以上。其目的，就是除充分传达原作的思想内容外，还要让读者们读了更有兴趣。

　　我国古代民间传说，混淆在魏晋文人写作的一大堆神鬼志怪的小说当中，常常不能严格加以分辨。选择这二十多篇出来，也很费了一番斟酌，但是恐怕还未必十分恰当。选择的标准，大概有如下几点：一、高尔基说："民谣是与悲观主义绝缘的"，推之于民间传说当然也是这样的。因此在内容上，总是择其乐观向上，有反封建和反迷信的倾向的。二、民间传说往往含有神话的因素，但它却不同于有些披着神话外衣而实际上却是宣传迷信、宣传宿命思想的神怪小说，因此在选择时也尽量注意到这一点。三、在形式和风格上，民间传说也自有其独特的形式和风格，只要把大量的民间传说——中国的、外国的，古代的、现代的——加以比较研究，就不难发现在风格和形式上的共同特征，选择时也予以注意。

虽说这样，这些民间传说，是否真是当时民间流传的本貌，却也很难断定，其中难免就有烙上了记录者个人兴趣爱好的印记和他所属阶级的偏见的印记的。前者姑且不论，单说后者。例如董永和七仙女的故事，《搜神记》里所记述的，对于那个以剥削起家的"主人"却是特多原恕和扬誉之语，把他写作了一个忠厚长者；"织缣百匹"的苦役也写作是董永夫妇的自动效劳，这当中显然是烙上了记录者所属阶级的阶级偏见的印记的。凡属这类明显可见烙有阶级偏见印记的"民间传说"，本集里就没有采纳。仅仅对于虽烙有印记却不十分明显的，才不再严格地加以挑剔。

本集里所收的古代民间传说，大体可分为以下几类：（1）有属于歌颂人们降妖捉怪的智勇的，如"山獠"、"寄女"、"三怪"、"定伯卖鬼"、"张华和狐狸"……在这类故事中，突出描写了人和鬼怪的斗争，最后是人的勇敢和机智战胜了妖魔鬼怪的作祟。（2）有属于讽刺和诅咒权贵显要人物的，如"左慈"之于曹操，"海神"之于秦始皇，"眉间尺"之于楚王，就是以神话色彩为背景，而于其上施加嘲讽的笔墨的。(3) 也有属于赞美动物的品德的，如"义犬"的狗、"熊洞"的熊、"蚁报恩"的蚁，那智慧和仁爱，又何让于人类？(4) 属于诙谐调侃以写世态的则有"千日酒"、"变羊"、"新鬼"、"石人医病"等。(5) 属于探幽索怪以模拟人情的则有"痴龙"、"鹅笼书生"、"壶公"、"紫玉"、"上天台"等。在这些故事中，或调侃酒徒，或嘲讽妒妇，或赞美爱情的坚贞，或刻画学道的艰难，或揭穿迷信的虚妄……种种色色，不一而足：充分表现了我国古代民间传说内容的丰富。

我在或译述或撰写这些古代民间传说时，尽量想做到使语言文字保存着固有的民族风格和民族气派，可是由于我对古典文学作品的学习还很不够，因此在做这一工作时，常有心劳力拙、捉襟见肘之感。虽然也校改了好几遍，究竟还不很称意。只有期之将来，得到读者的指正以后，再好好地改它一次，或者可以像样一些。

袁珂

1958年5月于成都

出版后记

自2012年以来，我们已陆续重版袁珂先生的《中国神话传说》《中国神话传说词典》《山海经校注》等集大成之作。这一系列著作，为读者打开了神话传说原貌的大门，弘扬了中国传统文化。

在与袁珂先生后人袁思成先生深入沟通的过程中，幸而发现了《中国民间传说》这一手稿。关于这一手稿，袁珂先生在后记中约略提及：20世纪50年代在改写《中国古代神话》的过程中搜集整理而成。袁思成先生这样告诉我们："《中国民间传说》一稿内容，经父亲校订过，也做了认真的誊清，收藏于藤箧底。"为何此一书稿最终未能付梓，我们已无从得知。时隔半个多世纪，这一书稿首次出版，对于广大读者，乃至这一领域来讲，极具欣赏和研究价值，也填补了袁珂先生诸多著作中未有专著论述中国民间传说的空白。

《中国民间传说》原录有25则，但手稿在保存过程中遗失"海神""天河""天女""三怪"4则，终未寻见。为弥补这一缺憾，在与袁思成先生沟通后，于《中国神话传说词典》中搜检"海神""天河""天女"3条附于书后，虽简短，但也可使读者约略了解其梗概。

至此，唯余"三怪"一条。《中国神话传说词典》中记有"杭州三怪"条：杭州三怪 清陆次云《湖壖杂记》"雷峰塔"条洪昉思附记："杭州旧传有三怪：金沙滩之三足蟾，流福沟之大鳖，雷蜂塔之白蛇。隆厌时，鳖已为屠家钓起，蟾已为方士捕得，惟白蛇之有无，究不可得而知也。小说家载有'白娘子永镇雷峰塔'事，岂其然乎？"（398页）此条中所谓"三怪"是否即为袁珂先生民间传说中所说的"三怪"，不能确知。他书如《三国志·管辂传》中记载："辂往见安平太守王基，基令作卦，辂曰：'当有贱妇人，生一男儿，堕地便走入灶中死。又床上当有一大蛇衔笔，小大共视，须臾去之也。又乌来入室中，与燕共斗，燕死，乌去。有此三怪。'基大惊，问其吉凶。辂曰：'直客舍久远，魑魅魍魉为怪耳。儿生便走，非能自走，直宋无忌之妖将其入灶也。大蛇衔笔，直老书佐耳。乌与燕斗，直老铃下耳。今卦中见象而不见其凶，知非妖咎之徵，自无所忧也。'后卒无患。"《搜神记》中也有相关记述。兹录于此，请读者参考。

用袁珂先生的话说，此书是一个小册子。但囿于时间，未能成宏篇巨作。事实上，关于中国民间传说，袁珂先生在其诸多著作中均有提及，尤其是在即将编辑出版的鸿篇巨制《中国神话史》中。读者必能通过《中国神话史》了解民间传说和神话传说的丰富、宏伟和魅力。

服务热线：133-6631-2326　188-1142-1266
服务信箱：reader@hinabook.com

后浪出版公司
2015年3月

图书在版编目（CIP）数据

中国民间传说/袁珂著.——北京：北京联合出版公司，2015.5
（2020.5 重印）

ISBN 978-7-5502-4771-0

Ⅰ.①中… Ⅱ.①袁… Ⅲ.①民间故事—作品集—中国
Ⅳ.①I277.3

中国版本图书馆CIP数据核字（2015）第040646号

Copyright © 2015 Ginkgo（Beijing）Book Co., Ltd.
All rights reserved.
本书所有版权归属于银杏树下（北京）图书有限责任公司

中国民间传说

著　　者：袁　珂
选题策划：后浪出版公司
出版统筹：吴兴元
特约编辑：马春华
责任编辑：肖　桓
封面设计：周伟伟
营销推广：ONEBOOK
装帧制造：墨白空间

北京联合出版公司出版
（北京市西城区德外大街83号楼9层　100088）
北京盛通印刷股份有限公司　新华书店经销
字数57千字　889毫米×1194毫米　1/32　4.25印张　插页2
2015年5月第1版　2020年5月第9次印刷
ISBN：978-7-5502-4771-0
定价：29.80元

后浪出版咨询(北京)有限责任公司常年法律顾问：北京大成律师事务所
周天晖　copyright@hinabook.com
未经许可，不得以任何方式复制或抄袭本书部分或全部内容
版权所有，侵权必究
本书若有质量问题，请与本公司图书销售中心联系调换。电话：010-64010019

山海经校注
（最终修订版）

校 注 者：袁　珂
书　　号：978-7-5502-2564-0
出版时间：2014.04
定　　价：128.00 元

《山海经》校注最权威最经典著作
《外滩画报》2014 年度中文好书

　　本书在1996年增补本基础之上，加之袁珂先生生前修订内容，更趋完善；内容上，作者搜罗丰富，征引详博，做注时，除引经据典外，还注重作品本身的内证和文物出土的学术成果，大大丰富了神话内容，不但解释了中国远古神话的问题，而且对于更加清晰地了解中国传统文化具有深远的意义。随文所配插图，更是重新进行了修复，轮廓更加清晰。

中国神话传说词典
（修订版）

编 著 者：袁　珂
书　　号：978-7-5502-1175-9
出版时间：2013.01
定　　价：49.80 元

袁珂先生生前亲自修订
中国神话经典著作

　　《中国神话传说词典》编写前后费时十年，1985年由上海辞书出版社出版，首印50万册，荣获1985年四川省社科院科研成果特别奖。此次修订根据袁珂先生生前亲自对1985年版中的诸多条目进行重写和补充的手稿重新整理，使这一经典著作更加完善，为读者提供了解中国神话的最佳读本。

中国神话传说
从盘古到秦始皇

著　者：袁珂
书　号：978-7-5100-4048-1
出版时间：2012.01
定　价：49.80元

本书已由后浪出版公司授权
台湾五南图书出版股份有限公司出版繁体版

《中国神话传说》是中国神话学专家袁珂先生一生研究成果的集大成之作。因其专业系统且通俗易懂，出版三十年来，受到了国内外读者的广泛欢迎，并且被翻译成俄、日、韩等多种语言。

1983年，在《中国古代神话》基础上历经两次重要增补修订而成的《中国神话传说》一书，内容已达原来的四倍，字数六十余万。作者对浩瀚的古文献资料，考辨真伪，订正讹误，加以排比综合，从盘古开天辟地叙述到秦始皇统一六国，把散落在群籍中的吉光片羽遴选出来，熔铸成一个庞大而有机的古神话体系，为读者呈现了一个包罗万象的瑰丽世界，生动地描述了古代中国人的社会生活图系。

中国神话传说
（简明版）

著　者：袁珂
书　号：978-7-5502-4312-5
出版时间：2015.02
定　价：39.80元

中国神话传说普及读物
重温神话中那些"儿童时代的天真"